LO QUE ME ACECHA

LIBRO 1 DEL ASESINO DE FANTASMAS

MARGARET MILLMORE

Traducido por
JC VILLARREAL

AGRADECIMIENTOS

El autor desea reconocer y agradecer a las siguientes personas su inestimable conocimiento y asistencia: Jim Fassbinder en la Caza de Fantasmas de San Francisco; y Tom Stanley y Eric Dooley por su aporte invaluable.

El autor también quiere agradecer a Bryan Millmore por ese pequeño y loco sueño que tuvo... sin mencionar su interminable apoyo.

UNO

¿Alguna vez has tenido uno de esos sueños que te persiguen aun al despertar? ¿Esas películas surrealistas del subconsciente que se proyectan en tu cabeza mientras duermes, tan detalladas y vívidas que cuando despiertas, no puedes estar seguro de si sólo fue un sueño o un recuerdo perdido hace tiempo, o una combinación de ambos?

Tuve uno de esos recientemente, pero en lugar de una sola noche, duró varios días. Déjame explicar. Me había enfermado de gripe, algo tan raro para mí que podía contar las veces que la había tenido con mis pulgares. Esta gripe vino con todos los síntomas comunes; secreción nasal, dolor de garganta, dolor de cabeza, problemas estomacales, y por supuesto, una fiebre alta. Fui golpeado, derribado, arrastrado y dado por muerto por este asedio inoportuno a mi cuerpo. De acuerdo, quizás es una exageración de mi parte, pero ¿quién podría culparme por ello? Aparte de algunos resfriados leves, no había estado tan enfermo desde que era niño, así que no tenía un punto de referencia real para comparar. Junto a todo eso, la enfermedad y la fiebre trajeron el efecto secundario adicional de sueños muy vívidos, lo que causaron los tres días y noches más extraños de mi vida.

Cuando desperté por completo, habiendo estado fluyendo entre la consciencia y el inconsciente durante tres días, aún tenía remanentes de esos sueños en mi cabeza, pero no se formaban completamente. Eran sólo pedacitos y piezas. Tenía imágenes de personas, algunas que había conocido a lo largo de mi vida, y otras que no podía ubicar, pero que de alguna manera eran conocidos. Eran estos "conocidos" los que más me molestaban. Compartían rasgos comunes que no tenían ningún sentido. Todos llevaban ropa de varias épocas, desde finales del siglo XIX hasta los años 80, y todos llevaban gafas de montura redonda (estilo Harry Potter o John Lennon). Tenía la impresión de que yo los había perseguido, pero también de que ellos me habían perseguido a mí. Todo esto dejó una sensación persistente de miedo y ansiedad que no pude quitarme de encima.

Dejando a un lado esto en un pasado no tan lejano, finalmente pude salir de la cama. Tomé una muy necesaria ducha que me ayudó a despejar las telarañas y me puso en el camino hacia el bienestar completo. Después de devorar dos piezas de pan tostado, lentamente empecé a sentir que todo estaría bien en mi mundo. Sin embargo, las extrañas imágenes de mis sueños no me abandonaban. Continuaron persiguiéndome durante todo el día, y no pude evitar sentir que no eran sólo sueños, sino recuerdos reales, lo que debería haber sido una indicación de que todo *no iba* a estar bien.

———

Antes de continuar, debería contarte un poco sobre mí para que sepas quién y qué soy... o *era*, para ser más preciso. Me llamo George, tengo treinta y tres años y vivo en la encantadora ciudad de la bahía. Como la mayoría de la gente que vive aquí, no soy originalmente de San Francisco... crecí en la parte este del condado de Los Ángeles y emigré al norte después de la universidad. Mi madre, una enfermera de la sala de emergencias del hospital local, murió cuando yo era un muchacho. Que Dios la tenga en su gloria. Mi padre, que era bibliotecario en la biblioteca pública, es un gran hombre, que hizo lo mejor que pudo con su joven hijo sin madre. Cuando me aceptaron en la Universidad de San Diego, Papá decidió que era hora de jubilarse y llevar su modesta pensión de funcionario público a Idaho, donde había más ciervos y podría cazarlos dependiendo de la temporada. Así que fui a la universidad, me especialicé en negocios, y cuando llegó la hora de la graduación, no tenía ninguna dirección profesional de la que hablar.

Mi compañero de habitación de la universidad era el hijo de un exitoso corredor de bienes raíces de San Francisco. Su padre era dueño de una firma lucrativa y esperaba que su progenie mimada se uniera a sus filas después de graduarse. Mike no se inclinaba por seguir los pasos de su padre, pero como yo no tenía otras ofertas pendientes, me convenció de que debía venir a San Francisco y aprender el aburrido mundo de la venta de inmuebles residenciales. Así que lo hice.

No duré mucho tiempo. La competencia era despiadada, y mis compañeros de trabajo fueron crueles y codiciosos y harían cualquier cosa para socavarte si pudieran enganchar tu venta. Aproximadamente un año después, llegó otra oportunidad, una empresa de desarrollo inmobiliario que ofrecía un sueldo fijo en lugar de un salario basado en comisiones. También ofreció un ascenso si elegía trabajar lo suficientemente duro, lo cual hice, y me fue bien.

Aprendí de mi papá que ahorrar dinero era la clave del éxito a largo plazo. Nunca habíamos sido ricos, pero cuando se jubiló, ya había sido dueño de nuestra casa durante muchos años, y había ahorrado un montón de dinero para amortiguar su jubilación y para que yo pudiera ir a la universidad. Cuando llegué a San Francisco, viví modestamente, alquilando una habitación en un apartamento de tres dormitorios en un vecindario no muy bueno, pero el costo del alquiler era bajo y me permitió ahorrar la mayor parte de mis ingresos. A los treinta años ya tenía suficiente para hacer un pago inicial considerable para un cómodo apartamento de un dormitorio en un vecindario aún mejor. El precio haría que cualquiera, excepto un neoyorquino, se estremeciera; sin embargo, era una buena inversión según los estándares de bienes raíces de San Francisco, y tenía estacionamiento y lavandería, lo que equivalía a ganar la lotería en esta ciudad.

Admito que trabajaba demasiado, generalmente nueve o diez horas al día, seis días a la semana. Sin embargo, me las arreglé para tener tiempo para mis pocos amigos, jugar un poco de tenis en las canchas cercanas, y jugar softball una vez a la semana, si el clima lo permitía, en el Presidio. Así que la vida era buena. Hubiera sido mejor si hubiera tenido una novia, pero todas las cosas a su tiempo. Así que ahora sabes quién era yo; no era nada especial, sólo un tipo normal y corriente que trabajaba duro.

———

VOLVAMOS A POR QUÉ LAS COSAS NO ESTABAN *BIEN*. Sintiéndome mejor y un poco aventurero, decidí bajar al vestíbulo del edificio a buscar mi correo. No lo había recogido en unos cuantos días y pensé que tal vez debería hacerlo antes de que el cartero me dejara un mensaje desagradable sobre tener mi buzón lleno. Mi edificio era viejo, construido a mediados de los años 20, y cargado de encanto y diseño art decó, y un ascensor que a veces era temperamental. Hoy sí funcionaba, un hecho por el que estaba agradecido. Todavía estaba un poco débil y no estaba de humor para subir y bajar seis tramos de escaleras.

Cuando se abrieron las puertas de nuestro ornamentado vestíbulo, lo primero que vi fue a un hombre junto a la mesa de hierro forjado inspirada en Edgar Brandt que estaba cerca de los buzones. Era alto y delgado, llevaba gafas de Harry Potter y miraba a su alrededor de forma sospechosa, como si supiera que no debería estar allí. Su traje marrón bien confeccionado, su camisa blanca y su corbata marrón a juego eran impecables *y anticuados*. No es que fuera un experto en ropa *vintage*, pero sabía un poco de moda masculina, y esto definitivamente no era de diseño reciente. También llevaba un sombrero estilo *fedora*, lo cual también me pareció extraño. ¿Quién usaba esos en estos días? La combinación me impactó mucho; parecía una de las personas de mis sueños recientes.

Cuando me acerqué a los buzones, lo mantuve vigilado... parecía sospechoso. Nunca miró hacia donde estaba yo, pero a medida que me acercaba, parecía alejarse un poco, casi como si me tuviera miedo. Sentí que necesitaba decir algo, éramos las únicas dos personas en el vestíbulo, pero no podía pensar en qué.

Cuando estábamos a pocos metros de distancia, empujó nerviosamente sus gafas por el puente de su nariz y se escabulló por el pasillo hacia la entrada del garaje. Esperé el chirrido de la puerta abriéndose y cerrándose, pero nunca llegó. Con mi curiosidad al máximo, abandoné mi búsqueda de correo basura y facturas y me dirigí al pasillo para ver a dónde había ido. El pasillo sólo iba a un lugar, y ese era el garaje, así que me sorprendió encontrarlo vacío.

Supuse que el trabajador de mantenimiento del edificio debió haber engrasado finalmente esas viejas bisagras y ahora estaban libres de chirridos. Para probar mi teoría, agarré la manija de la puerta y tiré, y el resultado me puso los dientes de punta. Parecía que las bisagras gritaban lo suficientemente fuerte como para despertar a los muertos. Un poco perplejo, pero seguro de que había una explicación racional, sacudí la cabeza y me dirigí de vuelta a mi buzón y luego a mi apartamento.

Aquí es donde entra la parte que "no está bien". Verás, mientras volvía a subir por el ascensor, me di cuenta de por qué me resultaba familiar. Lo había visto antes, o a alguien muy parecido a él, no sólo en mis sueños, sino en la vida real. Eran las gafas y el comportamiento y la ropa no del todo adecuada. Estas cosas me cayeron de golpe como una tonelada de ladrillos. (No entendía ese dicho; creo que si te golpearan con una tonelada de ladrillos estarías muerto y ya no te importaría, pero divago.) Además de esta revelación, las imágenes de mis sueños inducidos por la gripe me llegaron rápidamente a la cabeza, y de pronto, mi mente comenzó a llenarse de recuerdos, pero me llegaron como una película... una película casera, para ser exactos.

La ciudad en la que crecí comenzó a mediados de 1800 como una comunidad agrícola. La agricultura y un desarrollo muy lento sostuvieron la zona hasta mediados del siglo XX , cuando explotó en crecimiento. Varias universidades y empresas manufactureras llegaron a llamarla hogar. Más tarde, se convirtió en un pequeño y agradable suburbio para los trabajadores de Los Ángeles. Para acomodar este crecimiento, se construyeron vecindarios, muchos de los cuales contaban con bungalows de tres y cuatro habitaciones de estilo artesanal. Vivíamos en uno de ellos. La mayoría de nuestros vecinos eran familias de la clase trabajadora como la mía, y otros eran ancianos que aún podían recordar las granjas y la historia de los humildes comienzos del pueblo.

Había un anciano en particular que había emigrado de

Irlanda cuando era joven. Vivía al otro lado de la calle y a dos casas de distancia. Mi mejor amigo de la infancia, Curt, vivía al lado de él y a menudo cortaba su césped para ganar algo de dinero. Yo ayudaba cuando podía, y como recompensa, la esposa del Viejo Joe, Mae, nos daba limonada en el porche y Joe contaba una historia, usualmente sobre su tierra natal, pero a veces de otros lugares. El acento de Joe era tan misterioso, sobre todo porque nuestra zona no era un destino popular para los inmigrantes, aparte de nuestros vecinos del sur, por supuesto, especialmente de algún lugar tan lejano como Irlanda. Su acento seguía siendo fuerte todos esos años, y le daba una especie de cualidad mística a sus historias.

Una de sus historias favoritas era sobre los fantasmas que perduraban de días pasados. Según Joe, un accidente ocurrió en uno de los huertos, un incendio. Los trabajadores no pudieron salir a tiempo y varias personas murieron. Verán, en invierno usaban calentadores para evitar que los cítricos se congelaran. No hacía tanto frío en el sur de California, pero te sorprendería saber cuántas noches llenas de escarcha ocurrieron y siguen ocurriendo en los más fríos meses del invierno. Según Joe, el culpable era un conocido borracho y a menudo se le veía tomando sorbos de su cantimplora durante el día laboral. Como era invierno, el personal era limitado, pero aun así había varias personas trabajando en los huertos, asegurándose de que los árboles estuvieran bien preparados para pasar la temporada más fría. El borracho había estado considerablemente absorbiendo su cantimplora en este día en particular, y cuando comenzaron a encender los calentadores, de alguna manera se las arregló para volcar una y prendió fuego a una carreta de madera, que luego se extendió, matando a varias personas antes de ser extinguido. Joe insistió en que los fantasmas del incendio de la huerta aún vagaban en nuestro vecindario - la huerta en cuestión era ahora el sitio de una escuela primaria a unas pocas cuadras, y muchas de las casas más pequeñas de nuestro vecindario fueron construidas inicialmente para esos trabajadores agrícolas de antaño.

Poco después de que el viejo Joe contara esa historia, empecé a verlos, los fantasmas del incendio del huerto. Estas personas -algunos hombres, algunas mujeres, incluso algunos niños- todos llevaban ropa antigua de granja. Las mujeres con faldas largas, mientras que los hombres llevaban botas con cordones, pantalones largos con tirantes, y camisas de manga larga, algunos con monos de mezclilla. Pero lo más importante eran las gafas. Todos ellos llevaban las gafas redondas de Harry Potter. No los veía todo el tiempo ni en todas partes, pero supongo que con moderada frecuencia.

Algún tiempo después de esa historia y los posteriores avistamientos de los "fantasmas", Curt y yo habíamos ido a la casa de Bobby Wright. Vivía en la siguiente cuadra, y acababa de recibir un juego de Nintendo para su cumpleaños y estaba ansioso por mostrarlo. Cuando entramos a la sala de la casa de Bobby, una mala adición de los años 70 al bungalow tradicional, con alfombra de peluche y paneles de madera falsa, Camille, la hermana pequeña de Bobby, estaba sentada en una manta en medio del suelo. Era una dulce niña de dos o tres años, con un retraso mental más que moderado. Nunca supe qué la afligía específicamente, pero una vez escuché a mi madre decir que fue un accidente cuando era una niña. Estaba rodeada de juguetes, pero en lugar de jugar con ellos, simplemente se sentó y miró fijamente a la nada, una delgada línea de saliva corriendo por su pequeña barbilla rosada.

Mientras Curt y Bobby se ocupaban con un juego de dos jugadores, no puedo recordar cuál, me acerqué y hablé con Camille. Yo no tenía hermanos, y a la madura edad de nueve años, todavía pensaba que los bebés y los niños pequeños eran lindos y cariñosos. Sabía que no respondería, pero lo intenté de todas formas. Al principio, como siempre, sólo se quedó sentada, pero de repente me tendió la mano y, sorprendido, la alcancé, la recogí y la puse en mi regazo. Fue entonces cuando me di cuenta de que un hombre estaba de pie en la esquina. Llevaba pantalones polvorientos que no eran lo suficientemente largos para ocultar sus botas de trabajo acordonadas, una camisa de algodón gastada y tirantes. Miraba a la pequeña Camille con un siniestro ceño fruncido en el rostro. No me preguntes por qué, pero sabía que la ropa era de alrededor de 1900; más importante aún, llevaba las gafas redondas de Harry Potter (pensé en John Lennon en ese entonces... después de todo, no había Harry Potter cuando yo tenía esa edad, pero me entiendes).

Camille estaba mirando en su dirección, pero no creí que lo viera realmente. Pensé que lo percibía, y por alguna razón, sabía que yo era el único que *podía verlo*. No estaba asustada. No sé porque lo hice, pero la bajé suavemente y caminé hacia él, agarrando un palo de golf de plástico de juguete que estaba apoyado en el sofá. Cuando estuve lo suficientemente cerca, le clavé el palo y desapareció en una neblina gris arremolinada. Dándome la vuelta, vi que Camille estaba sentada contenta en su manta, y Bobby me llamaba para que jugara mi turno.

Unos minutos más tarde fuimos interrumpidos por Camille, que se había arrastrado hacia nosotros, exigiendo la atención de su hermano mayor. Ahora era una niña perfectamente normal; lo que la había atormentado se había esfumado con la aparición. En ese momento, supe que la había salvado, ¿pero de qué? ¿Y dónde había estado ese recuerdo todos esos años? Más importante aún, ¿por qué estaba tan seguro de que *eran* recuerdos y no parte de los sueños que tuve los días y noches anteriores?

Ese recuerdo se desvaneció y otro me llegó de golpe igual de fuerte. Estaba en la universidad y un grupo de mis amigos y yo habíamos ido a Coronado el fin de semana. Coronado estaba en una península localizada aproximadamente a ocho kilómetros del centro de San Diego, conectada a tierra firme por un istmo de dieciséis kilómetros, y era considerada una ciudad turística próspera. También albergaba una gran y activa base naval, y el famoso Hotel del Coronado.

Habíamos estado bebiendo en uno de los bares locales y estábamos caminando de vuelta a nuestro motel. Era una noche neblinosa y con lluvia y la visibilidad era de apenas 3 metros. Estaba caminando con un amigo llamado John, pero los otros se nos habían adelantado bastante. Podíamos oírlos, pero eran sólo sombras en la oscura llovizna. John había crecido en Coronado y había sido su idea venir. Era un tipo alto y flaco con un ceceo obvio que la mayoría de nosotros ya ni siquiera notaba. Tenía un paraguas conmigo, uno de esos largos con punta de latón puntiaguda en el extremo. No llovía lo suficiente como para justificar su uso, así que lo sostuve hacia abajo, permitiendo que la punta de latón golpeara la acera mientras iba.

Estábamos en un barrio residencial. Se veían casas bien cuidadas de todos los tamaños a ambos lados de la calle, y cuando pasamos por una de las más pequeñas, John la señaló y dijo que había nacido en esa casa. Mirando hacia ella, vi a una mujer de unos treinta años de pie cerca de la acera sobre la hierba. Su aspecto era de los años 40; su vestido colgaba debajo de las rodillas, tenía hombreras acolchadas y todo se veía a la medida. Llevaba zapatos *Mary Jane*, y su cabello estaba bien recogido en rollos laterales. Sin embargo, no era la ropa de época lo que destacaba tanto; era que no la tocaba la ligera lluvia que cubría todo y a todos los que la rodeaban. Por supuesto, también llevaba las gafas de Harry Potter y el hecho de que parecía estar muy concentrada en John.

Por instinto, levanté el paraguas y se lo clavé suavemente mientras pasábamos. Una mirada de terror llenó su rostro, y luego se desvaneció en una niebla gris, como lo hizo el fantasma, o lo que fuera, cuando yo era un niño en casa de Bobby. Ahora que lo recuerdo todo, me di cuenta que John ya no ceceaba…

Estos no fueron los únicos recuerdos que resurgieron, pero fueron los más vívidos, y no podía explicar por qué de repente recordaba estas cosas; quizás la fiebre lo había provocado todo. Más importante aún, ¿por qué iba yo, sin provocación alguna, picándole a la gente… fantasmas… visiones? Me sentía bastante confundido, así que decidí llamar a mi papá.

DOS

Mi papá era un hombre activo y vivaz de sesenta y ocho años, pero yo todavía me preocupaba por él. La mejor manera de calmar mis preocupaciones era hablar con él por video chat cada semana o algo así. Como era nuestra rutina, le envié un mensaje de texto a su celular, pidiéndole que se conectara a Skype. En diez minutos, estaba viendo a mi padre a través del monitor de mi portátil. Se veía bien... la vida tranquila le iba bien. Su grueso cabello gris estaba bien peinado, su rostro bien afeitado, y llevaba una camisa de botones bien apretada. Pensé que tal vez lo había atrapado antes de que tuviera una salida por la noche.

"Hola, Papá, ¿es un mal momento?" Le pregunté.

Sonrió. "No, siempre es un buen momento para hablar contigo. Me esperan en el Moose Lodge para un buffet esta noche, pero tengo unos minutos antes de que tenga que irme. ¿Cómo estás, George? Te ves un poco... ¿pálido?"

Papá no solía andar con rodeos y yo estaba bastante seguro de que me veía peor que "un poco pálido". Sonreí y dije: "Sí, he estado enfermo de gripe o algo así, pero ya me estoy recuperando. ¿Cómo estás?"

Arqueó una ceja, una expresión que significaba que no me creía completamente, y dijo: "Estoy genial. ¿Te conté sobre los peces que pesqué en el lago la semana pasada? Un gran pez de 9 kilos por lo menos; algunos vecinos vinieron a hacer una parrillada el domingo para ayudarme a comerlo. Probablemente la última del año ya que está empezando a hacer frío. Entonces, ¿qué pasa, George?"

Volví a sonreír y a suspiré. "Papá, ¿recuerdas a nuestros antiguos vecinos, los Wright? Su hijo Bobby era amigo mío".

Pareció pensativo por un momento y luego dijo: "Creo que sí. ¿No vivían al final de la cuadra? Dos niños... el padre era un maestro, creo."

"Sí, son ellos. ¿Recuerdas a su pequeña niña? Estaba enferma o algo así. Recuerdo que Mamá dijo algo sobre un accidente cuando era un bebé".

No estaba completamente seguro de haberlo visto, pero pensé que se endureció al mencionar a la niña: ¿o fue la mención de su enfermedad? Pareció sacudirlo y luego agitó la cabeza y dijo: "No puedo decir que la recuerde, pero incluso no recuerdo mucho a la familia, excepto por el niño con el que jugaste. ¿Por qué lo preguntas?"

Estaba casi seguro de que estaba mintiendo, lo cual es algo que nunca hacía, al menos no a mí. Decidí no indagar en ello, y en su lugar dije, "No hay ninguna razón real. Tuve unos sueños raros mientras estaba enfermo, y Bobby y su hermana estaban en ellos. Recordé que había algo malo con ella... y luego no lo había. ¿No recuerdas eso, papá?"

Esta vez sus cejas se arrugaron sospechosamente. "No, recuerdo que vivían en el vecindario, luego se mudaron. El Sr. Wright fue transferido a una escuela diferente o algo así. Probablemente fue sólo algo que tu mente inventó mientras estabas enfermo, muchacho; nada de qué preocuparse".

No estaba seguro de lo que esperaba de él. ¿Esperaba que confirmara que la pequeña Camille había estado enferma y luego no lo estaba? Porque afrontémoslo, esa teoría era una locura. No le veía sentido a preguntar por mi compañero de universidad... Papá sólo me había visitado una vez en San Diego, así que estaba seguro de que no lo recordaría.

Todavía me miraba con sospecha y me di cuenta de que esta llamada había sido una mala idea, así que le dije: "Supongo que tienes razón, fue la fiebre la que provocó un montón de sueños extraños sobre cosas de hace años". Me encogí de hombros, tratando de lucir indiferente.

Papá me miró a través de los kilómetros digitales y dijo: "Bueno, debería irme... no quiero hacer esperar a las damas del bar". Guiñó el ojo. "Además, es noche de póquer, así que quiero estar seguro de obtener una buena mesa. Algunos de esos tipos hacen trampas, y parece que siempre me quedo con esa gente cuando llego tarde." Nos despedimos y desconectamos.

Mis pensamientos volvieron a mi juventud. ¿Hubo otros incidentes con la gente de Harry Potter vestida de época? Ninguno me vino a la mente específicamente, sólo la sensación de que había estado viendo a esta gente en todas partes, toda mi vida. Por supuesto, no había recordado nada de eso hasta hoy, lo que no significaba mucho, ya que la lógica dictaba que lo más probable es que fueran viejos recuerdos que aparecían en mis sueños, se deformaban por mi fiebre y luego volvían a aparecer en mis horas de vigilia.

Todo esto me estaba cansando, y como me sentía mejor, sabía que querría ir a la oficina mañana para ponerme al día. Preparé algo de comer y me retiré a mi cama con la esperanza de que el sueño, sin las visiones extrañas, fuera lo único que me persiguiera durante las próximas ocho horas.

TRES

A la mañana siguiente me levanté antes del amanecer y ya estaba sentado en mi escritorio a las siete, con un café extra-grande a mi lado, revisando los millones de correos electrónicos que habían llegado en mi ausencia, todos los cuales pretendían la máxima urgencia, la mayoría de los cuales no eran urgentes en absoluto. Para cuando terminé con los correos electrónicos, mis asistentes habían llegado y estaban más que felices de dejar la carga de trabajo de vuelta en mi regazo. El día fue ocupado y no salí de la oficina hasta las seis y media de la tarde. Era viernes y me alegré. No tenía intención de trabajar el fin de semana... después de todo, todavía me estaba recuperando y necesitaba descansar. Tampoco tenía planes para el fin de semana, lo que también estaba bien.

Me detuve en el mercado y en la tienda de delicatessen a una cuadra de mi casa y compré una variedad de bocadillos. Pasta y ensalada de papas, y un paquete de seis cervezas. El ajetreado día me había impedido pensar en mis "recuerdos" o lo que fueran, pero al salir del mercado me acordé de ellos al instante. Una mujer de unos treinta años estaba de pie al otro lado de la calle, vestida a la moda de los años 70, con pantalones de campana, un sombrero de ala ancha *y gafas de montura redonda*. Me miraba como si me conociera. Un camión pasó por la calle rugiendo y luego, ella ya no estaba allí. Volví a casa un poco aturdido. Por supuesto que un traje como ese no sería anormal en San Francisco, ni tampoco los lentes, pero el camión sólo había estado entre nosotros por un segundo o dos, seguramente no el tiempo suficiente para que ella simplemente desapareciera. Fue entonces cuando decidí que no la había visto en absoluto; fue un desagradable efecto secundario de mi gripe y nada más.

La noche tranquila me hizo mucho bien, y cuando me desperté el sábado me sentí como un hombre nuevo. Decidí ponerme unos shorts y una sudadera, coger mi raqueta de tenis y dirigirme a Lafayette Park, un parque de once hectáreas y media en Pacific Heights situado en una colina entre las calles de Washington, Sacramento, Gough y Laguna. Las vistas eran espectaculares en un día despejado. Tenía tanto árboles como espacios abiertos, y si el clima era agradable y soleado, la ladera que daba a la calle Sacramento estaba repleta de personas que tomaban el sol, en su mayoría mujeres; esa vista también podía ser bastante espectacular. También tenía dos canchas de tenis que se podían usar según el orden de llegada. Jugaba allí tan a menudo como podía, normalmente contra el ganador del último set como mi competencia.

Ahí es donde conocí a Greg. Era un hombre de unos cincuenta años con un cuerpo atlético y una piel oscura y bronceada, con más arrugas de las que debería tener a su edad. También era un buen jugador de tenis, y normalmente me daba una paliza. Estaba allí ese día, terminando un juego con una joven de aspecto agradable. Entré en la cancha y me senté en uno de los bancos a lo largo de la valla, lo que era la etiqueta adecuada para alertar a los jugadores de que quería el próximo juego.

Greg y yo jugamos dos sets antes de que alguien más llegara a las canchas, y como él me había destruido eficientemente, yo era el que estaba fuera. Le di la mano, me despedí y me dirigí a casa para ducharme. Antes de salir del parque, me detuve en la cima de la colina y eché un vistazo a los alrededores; era un día hermoso y podía ver a kilómetros de distancia. Había unos cuantos paseadores de perros en el parque y un señor mayor sentado en un banco cercano, con su camisa de manga corta exponiendo su brazo izquierdo claramente desfigurado, que sostenía cerca de su costado.

Cuando empecé a bajar hacia la calle Washington vi a una mujer empujando un cochecito de bebé. Llevaba un vestido negro hasta la pantorrilla con un pichí blanco, una boina negra o sombrero de algún tipo, y además, una capa negra. Aunque el cochecito parecía nuevo, su estilo era anticuado... no el actual estilo popular de cochecito, sino un coche real en el que un niño podía acostarse. El moisés y la capota redondeada eran negros y tenía llantas de goma blanca rodeadas de ruedas de gran tamaño con radios de alambre, y el marco de cromo pulido brillaba. La mujer que empujaba el carruaje me recordaba al feo ladrón de bebés de *Cazafantasmas II,* cuando el joven Oscar fue robado del loft de Venkman. Cuando giró la cabeza, me miró a través de sus gafas de Harry Potter. Pareció asustada al verme, e inmediatamente miró el carruaje y luego pasó a mi lado, al banco donde se sentaba el viejo.

Una especie de extraño instinto surgió y de repente supe que tenía que alcanzarla. Empecé a correr por la corta colina, y cuando me vio venir aceleró un poco y se dirigió hacia la calle Gough. Yo era más rápido y el carruaje la estaba frenando. Cuando la alcancé, me acerqué con mi raqueta de tenis para intentar llamar su atención. La atravesó y, como mis recuerdos y sueños, ella, junto con el carruaje, comenzó a desaparecer en una neblina gris arremolinada.

Me quedé paralizado por un minuto, sin estar seguro de lo que acababa de pasar. Finalmente me sacudí. Tal vez todavía estaba enfermo y el esfuerzo de los juegos de tenis estaba causando una recaída. Me volví hacia la calle Laguna y comencé a caminar a casa. A la mitad de la cuadra vi al viejo caminando por la colina. Lo miré y al principio no lo noté, pero cuando volví a mirar, me di cuenta de que sus dos brazos estaban perfectamente normales y se balanceaban a sus lados.

CUATRO

Cuando llegué a casa, *casi* me había convencido de que estaba imaginando estas cosas. Después de una ducha y algo de comida, empecé a caminar por mi apartamento, tratando de averiguar lo que me estaba pasando y por qué. Definitivamente había cosas en común con los recuerdos o sueños de la fiebre y la mujer que había visto en el parque esa mañana. Primero, las gafas y la ropa de época; no tenía ni idea de lo que significaban, pero ahí estaban. Segundo, una persona con algún tipo de dolencia o deformidad siempre estaba cerca. Tercero, si la aparición estaba cerca de una persona enferma y yo la pinchaba, desaparecía, junto con la aflicción de la persona cercana. También había que considerar el hombre del vestíbulo y la mujer enfrente del mercado... ninguno de ellos parecía estar relacionado con una persona enferma, pero eso no significaba que no hubiera una persona enferma cerca que yo no hubiera notado. Estas apariciones parecían reales, pero ¿qué eran? ¿Fantasmas? ¿Poltergeists? ¿Demonios? Parecían estar haciendo daño a la gente, pero no sabía mucho de lo paranormal; quizás eran una combinación de los tres. Más importante aún, ¿por qué salió todo esto a la luz de repente? ¿Por qué subconscientemente sabía que necesitaba pinchar al demonio o al poltergeist para librarme de él...? ¿O lo estaba matando? ¿Por qué se sentía tan real? ¿En qué me estaba ayudando todo este caminar y pensar? ¡En ni una maldita cosa! Porque no existían los fantasmas o poltergeists, o cualquier otra etiqueta que mi cerebro intentaba ponerles.

Me acerqué al gabinete de licores en el rincón de mi sala y saqué una botella de Bushmills. Me di cuenta de que aún era por la mañana, pero necesitaba un trago de agua de fuego irlandesa para ayudar a calmar mis pensamientos confusos. No me molesté con el hielo, sólo me puse dos dedos y me lo tragué, lo que casi me provocó un vómito. Después de un minuto, el ardor se detuvo y pude sentir los efectos cálidos del oro líquido mientras me relajaba. Me sentí mejor, y tal vez un poco zumbado.

Si esto estaba sucediendo realmente, (y yo estaba empezando a creer que lo estaba) ¿había una manera de probarlo? Pensé en ir por la ciudad buscando gente con problemas, y si una persona con gafas y vestimenta de época estaba en la vecindad, podría darle un buen golpe y ver si el afligido se curaba de repente. No creía que fuera una idea razonable, pero parecía la única manera de probar mi loca teoría. Así que decidí dar un paseo y bajar a una zona concurrida de la ciudad donde pude observar grandes multitudes. Fisherman's Wharf parecía un buen comienzo. Aunque no tuve que esperar tanto tiempo.

CINCO

Mientras cerraba la puerta de mi apartamento, mi vecina, Justine Wilkinson, también salía de su apartamento. Era una mujer maravillosa que había vivido en el edificio desde su cumpleaño número 21, que ocurrió en algún momento de los años 50. Su padre era un rico hombre de negocios y había comprado el apartamento como regalo para su única hija. Dijo que realmente lo compró para ella para poder sacarla de su casa a petición de su nueva novia, que era apenas seis meses mayor que Justine. De cualquier manera, Justine había vivido allí la mayor parte de su vida, y sabía casi todo lo que había pasado en nuestro edificio y toda la gente que había en él.

Sonrió alegremente cuando me vio. Ella y yo nos habíamos hecho grandes amigos en los últimos años que viví en el edificio; era como una abuela sustituta para mí, y la quería mucho. Como de costumbre, estaba vestida impecablemente, con un vestido de seda marrón chocolate y un abrigo de lana ligera a juego, con zapatos marrones y un bolso del mismo color. Justine había crecido en la alta sociedad de San Francisco y todavía jugaba su papel en todo lo relacionado con los ricos y famosos.

No era esnob en absoluto, pero era bastante rica, y su compañía (y su riqueza) siempre era bienvenida en los mejores eventos de caridad. Basándome en su vestimenta y la hora del día, supuse que iba a algún tipo de almuerzo, probablemente relacionado con el ballet, una de sus causas favoritas.

Le di un pequeño beso en su mejilla empolvada en saludo y le sostuve la puerta del ascensor. Mientras descendíamos ella dijo, "George, querido, no te ves muy bien; ¿está todo bien?"

"Me estoy recuperando de la gripe, no hay nada de qué preocuparse. Me siento mejor cada día. Voy a salir ahora a tomar un poco de aire fresco." Justine creía que el aire fresco era la cura para todo lo que te aquejaba. Caminaba durante veinte minutos por las colinas de nuestro barrio todos los días, y juraba que era lo que la mantenía joven y ágil.

Me dio una palmadita cariñosa en el brazo y sonrió. Antes de que pudiera volver a hablar, el ascensor se detuvo en el cuarto piso para dejar subir a alguien más. No sabía el nombre de la nueva pasajera, pero la había visto por ahí. Tenía unos sesenta años y vivía en el edificio con su marido. Nos sonrió cuando entró y saludó a Justine por su nombre.

"Buenos días a ti también, Annette; ¿cómo están tus nietos?" Justine preguntó.

Annette sonrió. "Muy bien en su mayor parte, Justine... bueno, el pequeño Michael está..." Se detuvo y Justine le apretó el brazo suavemente y le dio una sonrisa comprensiva. Yo, sin embargo, no tenía ni idea de lo que Annette estaba hablando. Annette sonrió débilmente a cambio y luego dijo, "De hecho, mi hija lo está trayendo ahora para una pequeña visita. Tiene que hacer mandados y mi marido Fred está afectado de la artritis hoy, así que le pedí que trajera al niño para cuidarlo".

"Eso será encantador, querida. Un cambio de escenario será bueno para él, y Fred disfrutará la visita," dijo Justine amablemente mientras el ascensor se detenía en la planta baja.

Annette se despidió y se dirigió a la puerta principal. Justine disminuyó su ritmo, se inclinó hacia mí de manera conspirativa y dijo en voz baja: "El nieto de Annette tiene leucemia... es una tragedia. Recuerdo cuando nació el niño, justo aquí en este edificio para ser exactos. El yerno de Annette estaba en el extranjero por negocios y Jeannette, su hija, se quedaba con ellos porque estaba muy cerca del parto. La pobre tuvo labor prematura, y cuando llegó la ambulancia, el bebé ya estaba en camino. Lo trajeron al mundo en la sala de Annette". Justine sonrió como si fuera un buen recuerdo.

Podía ver a Annette a través de los cristales de las puertas delanteras. Estaba en la acera, ayudando a una mujer más joven a sacar del coche a un niño pequeño y frágil. El niño podía caminar, pero estaba claramente en un estado de debilidad. La mujer más joven le dio a Annette una mochila y se inclinó para besar al niño. Luego le dijo algo a su madre, se subió a su auto y se fue. Annette comenzó a caminar lentamente con el niño hasta la entrada del edificio, así que me dirigí a la puerta principal para abrirla para ella. Ella sonrió y me dio las gracias, y cuando me di la vuelta, vi al hombre de hace unos días. Esta vez estaba de pie cerca del ascensor y miraba al chico. No podría decir con seguridad si tenía una mirada malvada o maliciosa en su rostro, pero esta vez pude sentirlo, su presencia y algo más, como una mala energía.

Decidí probar mi teoría en ese mismo momento. Justine seguía de pie junto al ascensor, muy cerca de la aparición. Pasé junto a ella, dándole un suave codazo para que se hiciera a un lado y al mismo tiempo picando a la cosa con el dedo. Me gruñó mientras desaparecía. Para disimular mis extraños movimientos, llamé al ascensor y mantuve la puerta para mi vecina y su nieto. Cuando me di la vuelta para ver si el niño había cambiado, estaba igual. Bueno, pensé, supongo que no era su demonio. Tal vez el chico no tenía un demonio.

Cuando miré a Justine, ella estaba observando al niño también. Cuando se volvió hacia mí, podría jurar que había visto lo que había hecho, pero entonces su expresión cambió a una sonrisa. Más tarde le preguntaría a Justine si alguien más en el edificio tuvo una repentina e inexplicable recuperación. Tal vez la aparición pertenecía al marido de Annette, Fred; después de todo, ella había mencionado que su artritis estaba afectándole, y eso era ciertamente una dolencia. Me despedí y me dirigí a la central de turismo para encontrar más demonios a los que atizar.

Decidí caminar hasta Fisherman's Wharf. El camino era todo cuesta abajo y necesitaba el ejercicio. Me dirigí al este hacia la avenida Van Ness y luego al norte de allí al muelle.

¿Por qué me estaba tomando este asunto en serio, y por qué pensaba que estas apariciones vestidas de época eran fantasmas? De ninguna manera me sentí como si estuviera en la vía rápida de la locura... todo lo contrario. En las últimas horas me había encontrado no con una, sino con dos de estas cosas, apariciones o poltergeists o lo que fueran, y en algún lugar en el fondo de mi ser, algo había hecho clic, como un conocimiento o instinto arraigado. Sabía qué eran estas cosas y sabía que eran reales: y lo más importante, sabía que tenía que matarlas. Y de repente, creí firmemente que los sueños provocados por la fiebre *eran* recuerdos reales, y que yo u otra persona los había encerrado en mi cabeza. Ahora, después de años de golpear la puerta de mi subconsciente, finalmente habían salido.

El muelle estaba lleno de turistas, artistas callejeros, vagabundos con carteles y gente empeñando sus pertenencias. Normalmente no iría allí aunque mi vida dependiera de ello; la ciudad tenía mucho más que ofrecer que este lugar. Pero yo quería las multitudes y ciertamente había muchas de ellas allí. Me mantuve atento para buscar a las personas con gafas de montura redonda y ropa anticuada. Sin embargo, rápidamente me di cuenta de que no podía ir por ahí pinchando a todos los que veía con gafas de Harry Potter o con ropa pasada de moda. Después de todo, las gafas seguían siendo un estilo popular para los vivos, y la ciudad estaba llena de gente eclécticamente vestida. Después de una hora más o menos, decidí rendirme. Para entonces había llegado al muelle 39, di la vuelta y me dirigí de nuevo hacia la plaza Ghirardelli y la parada de autobús de la avenida Van Ness.

Me acercaba al viejo edificio del Museo Marítimo cuando me encontré detrás de una gran multitud mirando a un hombre cubierto de pintura plateada. Estaba actuando como si fuera un robot, muy divertido si a uno le gusta ese tipo de cosas. Me abrí paso entre ellos hasta la zona de césped más cercana al museo, y cuando volví a la acera, vi a un hombre sentado en la orilla. Era más o menos de mi edad; tenía el cabello largo pero recogido en una cola de caballo. Llevaba una chaqueta del ejército, pantalones cortos holgados y solo un sucio y gastado zapato de deporte. El segundo zapato no era necesario, porque su pierna derecha no existía más allá de su rodilla. En su regazo había un letrero de cartón con letras negras que decía: "Herido en Irak y sin hogar". Un par de muletas estaban a su lado en la acera, y un vaso de plástico colocado en el suelo donde su pie derecho debería haber estado.

Esto no era algo poco común en la ciudad. Teníamos una gran población de indigentes, pero aún así era desgarrador. Tristemente, por lo general no le habría dado una segunda mirada, pero la chica que estaba detrás de él me hizo mirar dos veces. Era una adolescente y su ropa era definitivamente vintage, pero en un estilo de los 80 no muy elegante. Su cabello era muy encrespado y llevaba grandes arracadas rosas, una chaqueta de mezclilla con falda a juego y unos leggings rosados. Para rematar el conjunto, llevaba tenis altos de camuflaje. Sus gafas eran más John Lennon que Harry Potter, un poco más pequeñas, pero tenía un aspecto distintivo al que yo estaba empezando a acostumbrarme. Estos fantasmas parecen sólidos, pero había algo en sus expresiones que los delataba.

Me quedé mirando por un minuto, y luego saqué mi teléfono y les tomé una foto. El veterano tenía la cabeza baja en lo que asumí que era angustia, pero la chica me miraba directamente. Saqué un billete de cinco dólares de mi bolsillo y me acerqué a él, dejándolo caer en su vaso mientras simultáneamente picaba al fantasma que estaba a sólo quince centímetros detrás de él. Ella hizo una mueca, y luego comenzó a arremolinarse en una neblina gris. Cuando desapareció para siempre, retrocedí y me vi atrapado por una gran manada de adolescentes que habían bajado a toda velocidad por la acera, obligando a cualquiera que se encontrara en su camino a avanzar rápidamente o a ser atropellado por su comportamiento grosero. Tan pronto como me liberé de ellos, volví a donde el joven veterinario había estado sentado, pero no estaba allí. Hice un círculo completo de la zona buscándolo, y finalmente lo vi justo fuera de la multitud de gente del hombre-robot. Estaba parado sobre dos piernas y dos pies. Volví a tomarle una foto y pedí un taxi para que me llevara a casa.

SEIS

Durante el viaje en taxi a casa, envié por correo electrónico las fotos desde mi teléfono para poder verlas en una pantalla más grande. Cuando llegué al apartamento fui directamente a mi portátil. Mientras las fotos se descargaban, tomé una cerveza y me acerqué a la ventana del lado de la bahía y miré hacia afuera, sin realmente ver, por unos minutos. Estaba posponiendo la visualización de las fotos por tres razones. Primero, ¿qué pasaría si las fotos mostraban dos hombres *diferentes*, con ropa similar, uno discapacitado y el otro no? ¿Y si las fotos mostraban al *mismo* hombre, uno discapacitado y otro no? Por último, ¿y si mostraban al fantasma? No sabía mucho sobre fantasmas; de hecho, mi conocimiento se limitaba a lo que había visto en las películas, y no le daba mucha credibilidad al conocimiento de Hollywood sobre lo paranormal más allá de ganar dinero con ello. ¿Podrían fotografiarse los fantasmas?

Si había dos hombres diferentes en las fotos, entonces tenía que reconsiderar mi declaración anterior sobre la locura. Después de todo, me había convencido de que tenía algún tipo de poder para matar fantasmas o demonios, hasta el punto de que salí e intenté probarlo. Sin embargo, si sólo había un hombre en dos condiciones diferentes, ¿qué significaba eso en realidad? ¿Que tenía la capacidad de encontrar y extinguir los espíritus malignos que asolaban a los vivos? ¿Que podía curar y salvar a los vivos de estos espíritus? En realidad, no estaba seguro de qué era más problemático en este momento.

Cuando me giré para ir a la computadora, escuché voces en el pasillo. Sonaba como si Justine estuviera hablando con alguien. Corrí a la puerta y miré por la mirilla. Estaba allí, hablando en voz alta con otra vecina anciana, una que era muy difícil de oír. Abrí la puerta y ella me vio y sonrió. La anciana vecina se había vuelto para volver a su apartamento y estaba arrastrando los pies en la dirección opuesta.

"Hola Justine, ¿cómo estuvo tu almuerzo?" Yo pregunté.

"¡George, querido! Esas personas son tan esnobs", se rió. "Sin embargo, disfruto del ballet y debo tolerar al comité." Sacudió la cabeza, simulando disgusto.

"¿Puedo hacerte una pregunta?"

"Por supuesto querida, lo que quieras", respondió amablemente.

"El niño de esta mañana, ¿va a estar bien?"

Frunció el ceño, una mirada de confusión cruzando su cara. "¿Por qué lo preguntas, querido? A mí me pareció que estaba bien. Lo vi no hace ni diez minutos en el vestíbulo. Estaba riendo y saltando como todos los chicos. Están tan llenos de energía a esa edad".

Por supuesto. ¿Y por qué no iba a estarlo? Después de todo, un demonio lo estaba atormentando hace unas pocas horas, y ahora no lo estaba. Ahora yo estaba asustado, porque ese niño *estaba* enfermo y yo había ayudado a curarlo. Era real, y aunque todavía no había visto las fotos, sabía lo que me iban a mostrar.

Justine me miró, preocuapada. "Querido, ¿estás seguro de que te sientes bien?"

Asentí con la cabeza. "Tal vez no tan bien como pensaba. Creo que me recostaré un poco; gracias Justine. Que tengas una buena tarde", dije mientras entraba en mi apartamento. Me apoyé en la puerta y suspiré fuertemente. Era hora de mirar esas fotos.

Se habían cargado en la pantalla y presioné algunos botones para poder verlas una al lado de la otra. Las imágenes eran claras y nítidas. El veterano estaba sentado, con la cabeza colgando, muletas a un lado, su única pierna sobresaliendo en la acera. Detrás de él, la bahía, los veleros, los transbordadores turísticos y otras embarcaciones marítimas eran claramente visibles, pero no había ninguna chica fantasma a la vista. Había una cosa sin embargo; una ligera mancha borrosa podía verse en la pantalla donde la adolescente fantasma había estado de pie. Amplié la foto y el zoom en el lugar, pero sólo vi un poco de borrosidad. Era casi como si una mosca o algo hubiera pasado volando justo cuando se tomó la foto.

Fui a la segunda foto y las comparé una al lado de la otra. Los hombres eran idénticos en todos los sentidos, excepto por la pierna que faltaba en la primera foto y dos piernas y dos zapatos deportivos en la siguiente. Estaba viendo fantasmas y los estaba matando. Más importante aún, estaba salvando a la gente que estos demonios estaban acechando.

SIETE

Durante las siguientes semanas maté fantasmas. Muchos. Tantos que dejé de llevar la cuenta después de un tiempo. También salvé vidas… sólo que no sabía cuántas. No todos los fantasmas estaban acompañados por alguien con una aflicción obvia, así que no podía estar seguro de si estaba salvando a alguien directamente o sólo librando al mundo de un peligro potencial. Esto se había convertido en mi obsesión y estaba afectando cada aspecto de mi ser. Tampoco tenía miedo a las repercusiones; lo único que me preocupaba era que había empezado a notar un entumecimiento en mi dedo cuando lo pinchaba con él. No recordaba si esto había ocurrido las primeras veces, pero ahora ocurría con más frecuencia. Para combatir este problema, empecé a llevar un lápiz amarillo no afilado del número dos, lo suficientemente largo como para poder estar a distancia de ellos más 15 centímetros, y lo suficientemente corto como para guardarlo en el bolsillo.

Debo mencionar que durante todo esto, hubo dos preocupaciones adicionales, una menor, otra no tan menor. En más de una ocasión tuve la curiosa sensación de ser observado. Era más una sensación que otra cosa y no me asustaba en lo más mínimo, así que en su mayor parte la descarté. Aunque probablemente no debería haberlo hecho. La segunda preocupación *no tan* menor tenía que ver con los fantasmas... más específicamente, el hecho de que me estaba encontrando con dos tipos diferentes - los demonios que plagaban a la gente, y las "almas perdidas", como había empezado a pensar sobre ellos. Estas pobres almas parecían benignas, sin interés en los vivos, pero atraídas por mí . Parecían suplicar con sus ojos, como si quisieran que las matara.

Lo creas o no, había *algo* después de la muerte; ahora lo sabía con seguridad, porque estaba matando *algo malo* a diario. Pero no creía que las almas perdidas fueran malas, y no creía tampoco que esto fuera lo que tenían en mente... vagar por el plano de existencia que solían ocupar en la vida, sin poder participar en ella. La preocupación era, ¿debería estar matándolos también? ¿Quién era yo para poder ser el verdugo de su destino? ¿Y si los estaba enviando a un lugar peor? Pero aún así, no podía evitarlo; las súplicas y los gestos eran a menudo demasiado, y sin darme cuenta conscientemente de lo que estaba haciendo, mi fiel amigo amarillo estaba en ello otra vez y se arremolinaban hacia la nada.

Todo esto conducía a lo inevitable. La gente había empezado a notar mi extraño comportamiento. Llegaba tarde a la oficina y tomaba largos almuerzos, y era obvio que mi mente no estaba enfocada en el trabajo. Justine me había estado observando con preocupación durante al menos unas semanas. Durante mi último partido de softball, había dado una vuelta a la base para correr, pero en lugar de eso hice un amplio arco en el último minuto y apuñalé a un fantasma que estaba cerca de la barrera de contención. El receptor me marcó antes de que pudiera llegar a la base y yo estaba fuera, pero el árbitro ya no necesitaba ese parche en el ojo, así que pensé que estaba justificado.

Por eso no me sorprendió que mi jefe me llamara a su oficina. Fue directo al grano... ¿qué me pasa? Sabiendo que la verdadera respuesta no era apropiada, le dije que tenía algunos problemas personales que necesitaba abordar y le pedí una licencia. No era exactamente una decisión financieramente estable, pero era la única que se me ocurrió en tan poco tiempo. Quería saber por qué, lo cual me negué a contestar, y no le gustó, pero me consideró un empleado valioso y la licencia fue concedida. Tenía seis semanas para arreglar mis asuntos.

OCHO

Por favor, no pienses que mientras estaba fuera apuñalando fantasmas con lápices sin afilar estaba ignorando el problema más grande; te aseguro que no lo estaba. Pero tienes que entender que este talento recién descubierto era adictivo, como una droga. Lo vivía y lo respiraba. Durante varias semanas fue todo en lo que pensaba; dondequiera que iba los buscaba. Quería encontrarlos, pero como cualquier adicto, no estaba listo para enfrentar la raíz de mi problema, sólo quería disfrutar de la euforia . Sin embargo, ahora que mi sustento estaba en peligro, era hora de averiguar por qué me estaba pasando esto. Así que, con mi tiempo libre inesperado pero grato, empecé a cazar esa razón.

La cantidad de información en línea sobre fantasmas era abrumadora, pero me costaba encontrar información sobre asesinos de fantasmas, porque eso es lo que había empezado a pensar de mí mismo: un asesino de fantasmas. Encontré bastante sobre exorcismos y varios videojuegos de matar fantasmas, sin mencionar libros, artículos e historias, pero ninguno de ellos trataba mi problema específico. Varios sitios señalaban un enigma que había estado permaneciendo en los bordes de mi mente: no se podía matar a un fantasma porque ya estaba muerto. Por supuesto, eso tenía mucho sentido, y no tenía ni idea de dónde iban a parar estas cosas después de que se enfrentaban a mi lápiz, pero reconocer que algo que ya estaba muerto no podía ser matado tampoco ayudaba mucho, porque los *estaba* matando, ¿no?

Una cosa me llamó la atención: un tour de fantasmas por Pacific Heights, cuatro días a la semana para turistas y aficionados a lo paranormal. Ahora, sé lo que estás pensando, los tours de fantasmas siempre han estado al mismo nivel que las casas embrujadas de Halloween, sólo entretenimiento para asustar . Sin embargo, sabía que la ciudad estaba llena de fantasmas... los veía todo el tiempo, así que era lógico que tal vez hubiera algo interesante sobre esto, y sólo tal vez el guía turístico sabía algunas cosas que podrían ayudarme. Según su sitio web, su nombre era Phil James, una autoproclamada autoridad local en materia de fantasmas con un impresionante currículum en el mundo literario y "real" de lo paranormal.

NUEVE

La mayoría de la gente parecía creer que los fantasmas eran más visibles por la noche. Yo, por supuesto, sabía que eso no era cierto. Los veía de día o de noche, si llovía o si estaba soleado. Pero el Sr. James capitalizaba el tema de la oscuridad, y su tour iba de las siete a las diez de la noche. Llegué al lugar de encuentro designado a las 6:45 con la esperanza de tener unos momentos con él antes de que empezara el tour. Desafortunadamente, no era el único con esta idea y muchos de los patrocinadores se quedaron esperando la oportunidad de hacer preguntas al colorido personaje.

Phil James era un hombre alto con grandes y expresivos ojos que parecían sobresalir de sus órbitas cuando hablaba apasionadamente, lo cual era frecuente. Su cabello colgaba en rizos encrespados casi hasta los hombros, su barba y bigote estaban pulcramente recortados, y llevaba un sombrero de copa desgastado, un largo abrigo de lana y botas negras de motociclista. Supuse que su edad estaba entre los mediados o finales de los cuarenta. También llevaba un chaleco de cuero negro adornado con un reloj de bolsillo plateado, con la cadena bien sujeta a un botón y el propio reloj metido en el bolsillo del chaleco. Lo sacaba constantemente y lo miraba, lo que supuse era una forma sutil de hacer saber a los clientes que era hora de comenzar.

La mayoría de las preguntas de los turistas giraban en torno al edificio que teníamos enfrente. Era un gran Victoriano que había sido usado para una variedad de negocios desde el término de su contstrucción a finales de 1800, y ahora era un hotel boutique, habiendo sido completamente renovado en el estilo de la época de su origen; con toda honestidad, era bastante hermoso. Mientras Phil reunía a todo el mundo a su alrededor, volvió a mirar su reloj de bolsillo, y luego anunció en un tono profundo pero caprichoso (lo que hizo que sus ojos se volvieran locos hasta casi el punto de escaparse) que el "tour de los fantasmas" comenzaría. Explicó los orígenes del edificio, los fantasmas que lo acechaban, y luego nos invitó a todos a pasear por las zonas públicas del interior y a mantener los ojos abiertos por los fantasmas que nos aseguró que estaban en la residencia. Nunca vi uno solo, pero tal vez sólo estaban cansados de ser buscados cuatro noches a la semana.

Después de la breve visita al hotel, Phil nos reunió en el vestíbulo y nos dirigió a la puerta y hacía la suave colina hacia la calle California, mientras señalaba varias impresionantes casas victorianas y se detenía de vez en cuando para explicar un avistamiento de fantasmas y darnos la historia de algún edificio en particular. Todo fue muy interesante, pero durante la primera hora más o menos, no vi un solo fantasma, estaba empezando a dudar de las conexiones de Phil con lo paranormal.

Cuando llegamos a la calle California, Phil se detuvo frente a una espectacular mansión victoriana encaramada sobre la calle en una ligera colina que estaba rodeada por un muro de contención de granito. La parte inferior del edificio estaba oscurecida por arbustos y árboles, pero se podía ver claramente el piso superior, que era oscuro y un poco siniestro. Phil explicó que la dueña original, una mujer excéntrica y rica de unos treinta años, había muerto arrojándose desde el parapeto superior. Su vida había estado plagada de conflictos familiares y traiciones, relaciones adúlteras y negocios turbios, todo lo cual la llevó a un suicidio sospechoso, que Phil explicó era más bien un asesinato cometido por su némesis y su muy despreciada hermana. Phil nos reunió más de cerca, mientras describía un espeluznante suceso con una llave que atribuía a sus visitas fantasmales.

Seleccionó a una joven entre la multitud y le puso una vieja llave maestra en la mano. La llave fue colocada con el arco colgando y la hoja en el centro de la palma de su mano, mirando hacia el oeste. Dividí mi atención entre el truco barato de magia de Phil y la acera que estaba justo delante del edificio. De pie, en todo su esplendor, había una mujer de unos treinta años que llevaba un vestido blanco de encaje adornado hasta el suelo, con cuello alto, mangas anchas abullonadas que se estrechaban al descender a la muñeca y una diminuta cintura de avispa. Su cabello estaba recogido en un elegante pero ligeramente suelto moño sobre su cabeza, y por supuesto, llevaba gafas redondas.

Phil explicó que cuando el espíritu de la mujer estaba presente, ella se anunciaba moviendo la llave, que él creía que era la llave original que abría la puerta del mismo parapeto del que cayó a su muerte. Mientras observaba, la llave comenzó a girar lenta pero seguramente en dirección al este, y mientras tanto nuestro visitante fantasmagórico levantaba la mano en sincronía con el movimiento de la llave. Hipnotizado por la habilidad del fantasma, no me di cuenta de que un hombre se había movido a mi lado hasta que sentí su hombro contra el mío.

Yo había observado al grupo antes de empezar nuestro tour; consistía en nuestro guía, Phil, tres parejas con edades entre los veinte y los cincuenta años, dos mujeres solteras y, por supuesto, yo mismo. Sin embargo, el hombre que ahora invadía mi espacio personal no había formado parte de nuestro pequeño grupo cuando salimos. Me alejé, poniendo la tan necesaria distancia entre nosotros, pero antes de hacerlo, noté que su mirada estaba fija en nuestra aparición victoriana, y estaba absolutamente seguro de que podía verla. Eso me sorprendió, y cuando me miró, estaba seguro de una cosa más... sabía que yo también podía verla. Se volvió bruscamente y se dirigió hacia la calle, su cabeza calva de piel oscura brillaba mientras caminaba bajo la luz de la iluminación mercurial, y aunque llevaba un pesado abrigo de lana, pude ver que era amplio y musculoso.

Cuando volví mi atención a nuestro guía turístico, la multitud estaba exclamando "oooh" y "aaah" a la llave. Se había girado completamente de modo que la hoja estaba ahora mirando al este estando todo el tiempo en la palma de la joven. Miré al fantasma, que sonrió y dio un saludo de dos dedos, y luego se giró y desapareció en el muro de contención.

Decir que estaba confundido y un poco perturbado es quedarse corto. Hasta ahora nunca había visto a un fantasma mover nada en el mundo físico, y eso me confundió, porque ahora me preguntaba si podían mover algo que pudiera herirme a mi... después de todo, los estaba matando. Podrían decidir en algún momento empezar a defenderse. La parte perturbadora era el hombre calvo de piel oscura. No podía saber su edad por nuestro breve encuentro, pero parecía fuerte y un poco peligroso, y como dije antes, estaba seguro de que veía lo que yo había visto, y tal vez incluso sabía lo que yo era.

Estos pensamientos me mantuvieron ocupado durante el resto del tour, y cuando llegamos al punto de partida, había olvidado completamente las preguntas que quería hacerle a

Phil. La mayoría de los turistas agradecían a nuestro guía mientras yo estaba en las afueras de nuestra pequeña multitud, tratando desesperadamente de recordar lo que necesitaba preguntar.

Antes de que me diera cuenta, todo el mundo se había ido y Phil *me* estaba haciendo una pregunta. "¿Tienes un minuto para charlar?"

Le di una mirada perpleja e inquisitiva, y él sonrió y dijo: "Sé que la viste. Lo que significa que probablemente puedas verlos a todos, también vi a Edgar darte un codazo, lo que significa que sabe que puedes verlos, y amigo, eso no es bueno".

Phil me preguntó mi nombre y señaló un letrero neón de un bar al otro lado de la calle.

DIEZ

Mientras Phil pedía un par de cervezas, encontré una mesa tranquila en la parte de atrás. El bar tenía un tema victoriano, con cabinas y sillas de terciopelo rojo con mechones, detalles de madera oscura tallada y lámparas como si fueran de gas, pero electrificadas. Unos cuantos caballeros mayores estaban sentados en los taburetes del bar charlando con el cantinero, y un par de chicos más jóvenes al otro lado de la gran sala jugando al billar. La música estaba encendida, pero no a todo volumen, lo que lo convertía en un lugar ideal para tener una agradable y tranquila conversación.

Phil llegó con dos Budweiser y las puso sobre la mesa, luego se removió el pesado abrigo y lo colgó en un gancho adornado en la pared detrás de nuestra mesa. Pero no se quitó el sombrero de copa, lo que le dio un aspecto casi cómico, especialmente con sus grandes ojos asomando por debajo del ala y su salvaje cabello rizado que sobresalía en todas las direcciones.

Tomé un largo trago de mi cerveza, y luego dije, "Entonces, ¿cómo lo sabes?"

Phil recogió su cerveza y tomó un sorbo, luego la puso sobre la mesa y dijo: "Edgar aparece de vez en cuando para ver esa parte en particular del tour. Es realmente la única casa en la que un fantasma está casi garantizado que esté presente". Sonrió y se encogió de hombros como si se disculpara por su afirmación anterior de que había fantasmas en cada parada que hicimos esa noche. "Observa a mis clientes de cerca, y si ve a alguien prestando especial atención a algo que no está ahí..." Phil usó sus dedos para enfatizar la palabra "no" y luego continuó. "Edgar se acerca lo suficiente para tocarlos. Si toca a alguien como tú, puede ver lo que tú ves".

No estaba seguro de qué decir o cómo reaccionar, pero rápidamente me di cuenta de que esto podría no ser tan bueno, porque este personaje de Edgar no parecía amistoso en lo más mínimo. Finalmente dije, "¿Puedes verlos también?"

Phil sacudió la cabeza. "Sí y no, pero he estado investigando fantasmas y actividad paranormal durante mucho tiempo. He visto y oído lo suficiente para saber que todo es real. También he conocido algunas personas como tú, personas que pueden ver fantasmas y... hacer otras cosas."

"Entonces, ¿sabes lo que hacen? Estos fantasmas, quiero decir. No sé si tu dama victoriana hace esas cosas, pero la mayoría de los que conozco son malvados... ¡están matando gente!" Mi voz se había levantado un poco y Phil miró a su alrededor con nerviosismo.

"Cálmate", ¿sí? Escucha, supongo que eres nuevo en todo esto, ¿verdad? Quiero decir, ¿esta habilidad acaba de ocurrir?"

Asentí con la cabeza. "Sí, hace unas seis semanas. Me enfermé, tuve una mala gripe, tuve estos sueños raros. Luego estos recuerdos de cuando era más joven empezaron a surgir y recordé cosas. Lo siguiente que supe fue que estaba viendo estos fantasmas por todas partes, y de alguna manera supe que tenía que matarlos; fue como un instinto o algo así". No elaboré mis sospechas de que podría haber sido capaz de hacer esto de matar fantasmas a una edad temprana... los recuerdos indicaban claramente que podía. Pero decidí no compartir esa parte, porque si lo hacía, tendría que preguntarme cómo y por qué esos recuerdos estaban bloqueados. No estaba preparado para esas respuestas todavía.

"Vale, bueno, voy a intentar ayudarte lo mejor que pueda". Puso sus brazos sobre la mesa, con los dedos golpeando ligeramente, y se inclinó hacia adelante. "Primero, tienes que saber sobre Edgar. Trabaja para este doctor, un tipo llamado Vokkel. Vokkel solía ser un gran nombre en la comunidad paranormal, un verdadero experto curtido. Entonces un día, puf, cierra sus puertas, apaga su teléfono, y se convierte en un recluso. Se rumorea que está loco y... bueno, no es un buen tipo. Pero en los últimos meses, Edgar empieza a venir todo el tiempo, como si estuviera buscando a alguien. También he oído que ha intentado atraer a algunas personas como tú a casa con él. No sé cuál es su objetivo final. Lo reporté a los Vigilantes, pero no tuve respuesta. De todos modos, aléjate de él. Si se acerca a ti, sólo da la vuelta y aléjate".

Tal vez Phil no fue claro en la parte en que yo era nuevo en todo esto. Su diatriba fue dicha en el tono de una conversación casual, pero en esencia él acababa de lanzar una serie de bombas sobre mí que incluían un doctor loco con un asistente ominoso que estaba persiguiendo a la gente "como yo", y lo había reportado todo a alguien o algo llamado los Vigilantes. Estas bombas seguramente iban a hacer que mi cabeza explotara, e hice lo único razonable que se me ocurrió. Me bebí la cerveza de un solo trago y en mi asiento, levanté la mano y dije: "Phil, tienes que explicar todo eso. Empieza con la 'gente como yo', sigue con este doctor y su empleado, y luego dime quiénes son los Vigilantes".

Sonrió y se rió ligeramente, y luego dijo: "Lo siento, hombre, a veces me adelanto". Tenía un comportamiento tan llevadero, y aunque acababa de conocerlo, me sentía como si fuéramos viejos amigos. Fue una sensación extraña pero reconfortante.

"Empecemos con los fantasmas, ¿vale?" Me miró y yo asentí. "Los avistamientos de fantasmas no son raros... todos hemos visto al menos uno, probablemente más que uno a lo largo de nuestras vidas. La mayoría de la gente no sabe que es lo que está viendo. Tal vez es sólo una sombra en su visión periférica, tal vez lo ven y se ven como todos los demás, pero de repente 'puf' simplemente se han ido, desaparecido. Tal vez es un ruido en la noche, una ventana cerrada que se abre de repente. Nos racionalizamos, decidimos que fue sólo nuestra imaginación, y seguimos adelante. Podría ser un millón de cosas diferentes, pero en resumidas cuentas, todos nos hemos encontrado con un fantasma en algún momento de nuestra vida". Hizo una pausa para dejar que pudiera digerir eso.

"Pero los asesinos de fantasmas, vaya, no son cómunes. Puede que haya un par de miles de ustedes ahí fuera... tal vez más, pero no por mucho. Los Vigilantes saben quiénes son la mayoría de ustedes". Empecé a preguntar quiénes eran los Vigilantes, pero él levantó su mano para silenciarme. "Una cosa a la vez, mi hombre, y la próxima vez llegaré a ellos. De todas formas, un asesino de fantasmas puede ver a un demonio que persigue a la gente, los lastima y eventualmente los mata. Y ustedes contraatacan". Se encogió de hombros como si fuera algo tan simple.

Se bebió la cerveza, agitó la vacía hacia el cantinero, que casualmente miraba hacia nosotros, y luego levantó dos dedos con la otra mano. Phil permaneció en silencio durante los dos minutos que tardaron nuestras cervezas nuevas en llegar.

"Entonces, los Vigilantes... son como guardianes." Hizo una pausa y bebió más cerveza, luego agitó su mano como si estuviera haciendo una pirueta. "Parece que saben todo lo que pasa con los fantasmas y con ustedes." Disparó un dedo índice en mi dirección. "Según tengo entendido, financian una red que rastrea fantasmas y despacha asesinos de fantasmas. No quiero atarme a los detalles, sobre todo porque no conozco muchos de ellos... además, estoy bastante seguro de que un Vigilante ya te tiene en su radar, así que pronto descubrirás el resto. Sigamos con Vokkel y su compañero, Edgar.

"Así que, esto es lo que sé de él; de Vokkel, me refiero. Supuestamente era un médico de renombre en Europa, un psiquiatra de algún tipo, supongo. Por lo que he leído y oído, le fascinaba la gente que decía ver fantasmas, y sólo trataba a pacientes que mostraban algún tipo de ilusión paranormal. Supongo que fue muy respetado durante mucho tiempo, pero luego se mudó aquí y estaba acechando a una señora que terminó matándose; lo culparon por llevarla a eso, y *voila*, cerró sus propias puertas y tiró la llave. Edgar ha sido su fiel compañero desde que cualquiera puede recordar." Phil levantó la mano otra vez, como si me impidiera hacer una pregunta. "Sé lo que estás pensando. Edgar no es lo suficientemente mayor para llevar la etiqueta "desde que cualquiera puede recordar", pero es verdad. Es una de las cosas más espeluznantes de Edgar... es mucho más viejo de lo que parece".

"¿Quién era la mujer a la que acechaba?" Yo pregunté.

Phil sacudió la cabeza. "No lo sé, alguna *socialité* o algo así. Escuché que la trató en los años 50 en Europa y esa es la razón principal por la que se mudó a San Francisco... para estar cerca de ella porque era de aquí y se había mudado. Escuché que era una asesina de fantasmas muy poderosa".

Por más amable que parecía Phil, no creí que se diera cuenta de que estaba generando más preguntas que respuestas.

Decidí cambiar de tema. "¿Por qué dijiste que ya estaba en el radar de los Vigilantes?"

Sonrió amigablemente, y dijo: "Escuché un rumor de este

otro asesino de fantasmas que había una especie de máquina asesina de fantasmas sobrehumana por ahí. El rumor es que un tipo del que nadie había oído hablar estaba eliminando a esos bastardos demoníacos a diestra y siniestra". Se encogió de hombros. "Supongo que eres tú", terminó con una sonrisa. De nuevo, más preguntas que respuestas, porque no tenía ni idea de lo que quería decir con máquina asesina de fantasmas sobrehumana.

Cambié de marcha otra vez. "Dijiste al principio que no ves los fantasmas, luego dijiste que casi todo el mundo los ha visto en algún momento de su vida..." Era una pregunta cargada y dejé que la interpretara.

"Bien. Esto es lo que pasa con los fantasmas... la mayoría de ellos no pueden controlar cuando son visibles para los vivos... simplemente sucede. Pero ustedes siempre los ven todo el tiempo, y saben qué es lo que están viendo".

"No lo entiendo. ¿Sólo aparecen al azar, sin provocación?" Yo pregunté.

Sacudió la cabeza. "No, hay una conexión. Tal vez es tu amada abuela, o tal vez a ambos les gustan los tomates y tanto tú como el fantasma están en un mercado de granjeros, y los recuerdos del amor del fantasma por los tomates hacen que se materialice por un momento. No es consistente y no tiene sentido, sólo sucede por alguna razón."

Eso fue confuso, así que seguí adelante. "Muy bien, ¿qué pasa con los fantasmas malos? Quiero decir, están haciendo algo en *este* mundo. ¿No significa que tienen más... cómo lo llamarías... presencia?"

"Para ellos, es el poder... tienen más poder que los otros fantasmas." Hizo esa pirueta con la mano otra vez y dijo: "Dejaré que los Vigilantes se encarguen de esa pregunta".

Suspiré exasperado. No parecía que estuviera llegando muy lejos, pero al mismo tiempo me estaba llenando un montón de cosas que se añadían a lo que se estaba convirtiendo en un perpetuo estado de confusión para mí.

"¿Alguna otra cosita de no-información que quieras dejar caer en mi regazo?" Eso salió con tanto sarcasmo que podría haber llenado un tambor de 50 galones con él. Inmediatamente me disculpé y él sonrió sencilla y relajadamente y me hizo señas para que no me preocupara.

"Bueno, realmente creo que necesitas hablar con los Vigilantes. Si eres este súper hombre entonces supongo que esa es la razón por la que Vokkel te quiere, y como dije, eso no es bueno y los Vigilantes pueden ayudar a protegerte. Si no eres ese tipo, ellos pueden ayudarte a entender mejor las cosas."

"¿Cómo estás involucrado en todo esto?" Pregunté en voz baja.

Señaló su pecho y dijo: "¿Yo? Sólo soy un extraño con un poco de conocimiento privilegiado interno". Miró sus manos, que estaban con las palmas hacia abajo en la mesa. Parecía estar muy pensativo, y cuando finalmente levantó la vista su expresión había perdido la calidad extravagnate y animada que había estado mostrando hasta ahora.

Eventualmente habló en un tono bajo. "Crecí en un pueblo minero de Pennsylvania. Cuando tenía diez años, la mina estaba casi cerrada y el pueblo se estaba convirtiendo rápidamente en un pueblo fantasma... literalmente y en sentido figurado. No había mucho trabajo y tuvimos una gran crisis de salud, una especie de bronquitis. Culparon de ello a la contaminación de la mina, pero eso no era realmente así. De alguna manera los fantasmas realmente malos saben dónde encontrar a sus víctimas, y un lugar como mi ciudad natal era perfecto para ellos. Aparecieron en masa y... empezaron a enfermar a la gente. Mi madre era una de esas personas enfermas, y aunque todavía podía trabajar y moverse, se podía ver el precio que le estaba cobrando, sin mencionar el horrible sonido que hacía cuando tosía. Entonces un día, estas cuatro personas aparecieron, extraños sin ninguna razón legítima para estar en nuestra pequeña aldea del infierno. Después de un tiempo, la gente dejó de estar enferma. Ahora debes tener en cuenta que cuando ustedes matan a un demonio y salvan a su víctima, la gente normal no sabe que la víctima estuvo enferma… es como si la enfermedad nunca hubiera ocurrido.

"Mi papá había desaparecido hace mucho y mi mamá tenía dos trabajos, así que cuando no había nadie que me diera la contra, daba paseos por la ciudad, de día o de noche. Esta noche en particular estaba dando un paseo y vi a uno de estos extraños. Tenía una vara o un palo en la mano y estaba picándole a la nada, sólo que tal vez no era *nada*, porque había esta… pelusa en el aire delante de él. Ahora no me preguntes por qué pude ver esto, porque no lo sé, pero lo hice. Lo seguí el resto de la noche y él hizo su rutina de pinchazos unas cuantas veces más. En ese momento no creí que supiera que lo estaba siguiendo, pero me equivoqué. Unos días después, lo volví a ver en la cafetería local donde trabaja mi madre -algunos días me daba una malteada gratis después de la escuela- y estaba sentado en el mostrador cuando llegué. Tomé el único asiento disponible, que estaba a su lado. Me miró cuando me senté, luego puso su mano sobre mi rodilla y la apretó. Luego me susurró, "¿Los ves ahora? Casi me caí de susto, y salté del taburete, pero en esa fracción de segundo antes de hacerlo, vi algo.

"Este tipo me sonríe, luego toma el popote sin usar que estaba junto a su bebida y se extiende a través del mostrador y golpea con él en el mismo lugar donde pensé que había visto algo. Y este algo estaba prácticamente flotando sobre mi madre, que estaba demasiado preocupada por mi huida del taburete como para notar al tipo que picaba al aire junto a ella. En ese momento no podía decirte qué diablos había pasado, pero sí puedo decirte que nunca lo olvidé, y esos cuatro desconocidos desaparecieron a los pocos días del episodio de la cafetería.

"Pasé años pensando en eso, especialmente en el hecho de que mi madre había estado claramente enferma y ya no lo estaba; de hecho, sigue viva y coleando a la madura edad de setenta y cinco años. De todos modos, cuando me fui a la universidad, empecé a buscar en las bibliotecas temas paranormales. Estaba bastante seguro de que lo que había presenciado tenía algo que ver con fantasmas o demonios. Me enganché con un grupo de personas con los mismos intereses, y finalmente conocí a un asesino de fantasmas, y me presentó a un Vigilante que me explicó algunas cosas. Dijo que sabía que el tipo que seguí, y con el que me encontré en el café, era un asesino de fantasmas, y que creía que yo podía ver el demonio de mi madre por dos razones: primero, este asesino de fantasmas tenía el poder de "compartir"; inusual, pero no inaudito. Segundo, porque era mi madre, había una conexión a un nivel más fuerte, y eso me permitía ver el fantasma y recordar que mamá estaba enferma y luego no estarlo".

Ambos habíamos bebido nuestras cervezas mientras Phil hablaba, y después de lo que me había dicho, decidí que necesitábamos algo más fuerte. Me levanté y me dirigí al bar por dos Bushmills en las rocas. Cuando volví y puse un vaso delante de Phil, lo cogió, olió el líquido ámbar y sonrió. Al inclinar el vaso hacia mí, dijo: "Gracias y salud". Ambos tomamos un saludable sorbo y nos relajamos en nuestros asientos.

Phil continuó. La animación anterior había vuelto a su voz y su comportamiento, y aunque no estaba seguro de si era el whisky lo que estaba haciendo efecto, no me importaba; me gustaba más este Phil que el Phil sombrío.

"Así que decidí hacer de los fantasmas y lo paranormal mi profesión, y eso fue lo que hice durante años... trabajé con médicos e investigadores. Luego me diversifiqué por mi cuenta con el negocio de los tours de fantasmas..." Sonrió. "Bueno, tuve algo de ayuda de tu gente". No estaba seguro de lo que significaba y supongo que mi expresión se lo decía, porque me lo explicaba.

"Antes de empezar, le pedí a un amigo que pasaba por el pueblo que me ayudara a encontrar algunos fantasmas, que hacían cosas, pero no malas. Recorrimos las calles de la ciudad durante una semana, y cuando terminamos, había matado a algunos demonios y señalado algunas apariciones inofensivas. Hice mi investigación, aprendí sobre ellos, y *¡ta-da!* Tour de los fantasmas: completo con fantasmas reales". Me hizo un guiño conspirativo. Tuve que reírme; por muy excéntrico que fuera, era un gran plan de negocios, y sólo tenía una pregunta.

"¿Cómo descubriste que tu dama victoriana podía mover cosas? Nunca he visto a un fantasma hacer eso."

Se encogió de hombros. "Necesitaba un truco de algún tipo, y había oído a lo largo de los años que algunos de los fantasmas podían hacer cosas. Así que le pregunté a mi amigo si podía intentar comunicarse con ella. No me dejó estar allí cuando lo hizo, pero me dijo más tarde que ella dijo que trajera una llave la próxima vez que pasara por allí. Así que, conseguí una vieja llave maestra y me quedé en la mansión un día. No tenía forma de saber si ella estaba cerca porque no la veía, pero después de una hora más o menos la llave empieza a vibrar en mi mano, luego se da vuelta, y me imaginé que ese era su trato... ella iba a mover la llave. Así que empecé esa pequeña rutina como la que viste esta noche. Ha sido un éxito desde entonces".

Bebimos nuestro whisky en silencio durante un tiempo. Se estaba haciendo muy tarde y Phil debió pensar lo mismo, porque sacó su reloj de bolsillo y comprobó la hora. Parecía cansado y yo lo sabía, pero tenía un tema más que tratar antes de separarnos.

"¿Crees que este tipo Edgar va a acercarse de nuevo?" Pregunté un poco nervioso.

Phil giraba su vaso en círculos sobre la mesa, haciendo el anillo de condensación más grande con cada giro. "Probablemente. Quiero decir, te tocó para verla, y eso también significa que sabe lo que eres. Si eres el tipo que está en el centro de todos estos rumores..." Me guiñó el ojo, como para confirmar que aunque no creía que yo fuera el tipo del que se rumoreaba, lo hacía. "Vokkel definitivamente querrá hablar contigo, así que deberías alejarte de él si puedes." Con eso Phil vació su vaso y comenzó a ponerse de pie.

"Espera, una cosa más". Mi tono era suplicante y odiaba el sentimiento de impotencia de mi ignorancia. "¿Cómo puedo matarlos? ¿No están ya muertos?"

Phil sonrió y dijo: "Hay cosas en este mundo que no podemos explicar, y los demonios que acechan son una de ellas. Son un error, no pertenecen a este mundo. Pero para cada error tiene que haber una solución, y tú, George, tú y los otros asesinos de fantasmas son esa solución."

Sacó una tarjeta de presentación del bolsillo del chaleco y me la dio. "Llama a este número en dos días". Se puso de pie, tiró algo de dinero sobre la mesa, agarró su abrigo, inclinó su sombrero en mi dirección y se fue del bar. Tomé la tarjeta y le di vuelta para leerla; tenía siete números, ni más ni menos.

Lo miré fijamente mientras se marchaba. Finalmente, levanté mi vaso a mis labios y lo drené. Caminé a casa... no estaba tan lejos, pero había unas cuantas colinas empinadas entre mi casa y Pacific Heights. Sin embargo, la caminata y el aire fresco me hicieron bien. Mantuve mis sentidos y mi vista en alerta para Edgar y los Vigilantes, sin saber como los podría reconocer.

ONCE

No dormí mucho esa noche, y cuando finalmente me quedé dormido, estuve plagado de sueños extraños sobre doctores malvados y sus aprendices poco amigables, específicamente Edgar. Después de desayunar y tomar mucho café, decidí que necesitaba saber más sobre el Dr. Vokkel. Así que me retiré al sofá, con el portátil en la mano, y empecé a buscar en Internet. Desafortunadamente, no encontré mucho más de lo que ya sabía.

Me preguntaba si podría localizar su casa, tal vez dar un paseo por ella y ver si podía averiguar algo. El pensamiento me intrigó, así que aún teniendo acceso a mis bases de datos de bienes raíces desde el trabajo, me conecté a la que usamos para determinar la propiedad y teclée el nombre completo de Vokkel. No me sorprendió encontrar que nadie con el apellido Vokkel poseía propiedades en la ciudad; no era raro, especialmente para gente rica o excéntrica, poner las propiedades en corporaciones o fideicomisos que tenían poco o ningún parecido con ellos mismos. Probé algunas variaciones y me encontré con una corporación con las iniciales de FV. El activo de la propiedad estaba en Pacific Heights, y anoté la dirección con la intención de dar un pequeño paseo esa tarde.

La dirección estaba en una sección de Pacific Heights donde típicamente no se encuentran más que mansiones, bonitos alojamientos de lujo si uno los puede pagar. Me paré en el lado opuesto de la calle bajo la sombra de un gran árbol. El lugar era bastante impresionante, una casa del Segundo Imperio Victoriano, con techo de mansarda, entrada de puertas dobles y una torre central que se elevaba sobre la estructura principal. La casa estaba pintada de verde Charleston, tan oscuro que era casi negro. Estaba rodeada por un muro de ladrillos de 2 metros y medio de alto con una puerta de hierro forjado en el centro. La mayor parte del ladrillo estaba cubierto de una hiedra verde que jugaba bien con el color de la casa. A la izquierda de la puerta había un panel de latón pulido, y mientras yo miraba, el cartero se acercó y apretó un botón en el panel mientras sacaba algún tipo de paquete de su bolsa. Más allá de la puerta podía ver las grandes puertas dobles de roble. Una se abrió y Edgar salió al porche, se dirigió a la puerta, aceptó el paquete sin decir nada al cartero y se volvió a la casa. El cartero siguió su camino, pero cuando Edgar llegó a la parte superior de la entrada, se dio la vuelta y me miró directamente.

Me sorprendí; no sólo estaba bajo la sombra de un gran árbol, sino que estaba de pie parcialmente detrás de su enorme tronco. Para empeorar las cosas, el sol brillaba directamente en los ojos de Edgar, pero él no entrecerraba los ojos. Nos miramos fijamente durante más de un minuto. Finalmente me hizo un gesto hacia adelante con un movimiento de su mano. Sin recordar haber cruzado la calle, me encontré de repente en la puerta principal. Me sentí como si estuviera en una especie de trance, consciente de lo que me rodeaba, pero incapaz de controlarme. Caminó para encontrarse conmigo, y cuando estábamos cara a cara, dijo, "Sr. Sinclair, al Dr. Vokkel le gustaría conocerle. Pase."

No pude decir ni una palabra en respuesta, pero cuando abrió la puerta, la atravesé y lo seguí por el camino hasta la casa. En algún lugar profundo de mi cabeza podía oír gritos, una advertencia que me decía que me diera la vuelta y corriera, pero no pude hacer caso. Si Edgar decía algo más, no lo oía, y lo siguiente que supe es que estaba solo en un gran vestíbulo.

Los pisos eran de mármol muy pulido que reflejaban la luz que salía del candelabro ornamentado sobre mi cabeza. Pero incluso con la luz encendida, la habitación estaba oscura, probablemente debido al rico color azul de las paredes y a la oscura carpintería. Al lado derecho del vestíbulo subía una escalera tallada, con un pasillo que flanqueaba su lado izquierdo. Asumí que era donde Edgar había desaparecido. Un cuadro colgaba a mitad de la escalera, y me acerqué para verlo mejor. Era la única obra de arte en el espacio. Era grande, probablemente cerca de 2 metros de largo y 1 y medio de ancho. Los bordes del lienzo eran oscuros y se desvanecían hacia adentro a tonos más claros de azul, casi como un cielo crepuscular. Mis ojos fueron atraídos al centro de la pintura donde aparecía una forma; quizás una persona, pero para mí parecía un fantasma, más específicamente, como los fantasmas grises que se arremolinaban en la punta de mi confiable lápiz número dos. Como para confirmar esto, otra forma, amarillenta y de forma más humana, parecía estar apuntando a la masa gris.

Estaba viendo todo esto en un estado de trance cuando de repente las bocinas de unos coches comenzaron a sonar y oí gritos. Me sacudió, me despertó de cualquier hechizo al que estaba sometido, y eché un vistazo más al cuadro, me estremeció, y luego salí rápidamente de la casa. Cuando llegué a la puerta pude ver a mis salvadores; una furgoneta de reparto se había aparcado en doble fila, bloqueando la estrecha calle e impidiendo el paso de nada más grande que una bicicleta. Varios coches y un camión de basura intentaban pasar. No esperé a ver quién iba a ganar, necesitaba alejarme de Edgar y Vokkel lo más rápido posible, así que corrí.

DOCE

En ese momento, me sentí un poco como en los Loony Tunes. Después de todo, me habían advertido sobre Edgar y Vokkel, y aún así no sólo fui a su casa, sino que me atraparon *y entré*, donde podrían haberme matado, cortado en pedacitos, y enviarme a un basurero sin que nadie se diera cuenta.

En algún momento dejé de correr y ahora caminaba en un aturdimiento de confusión, prestando poca atención a mi entorno. Me sorprendí cuando me encontré de pie frente a mi edificio, sin recordar haberme dirigido allí. Y no estaba solo.

La mayoría de los edificios de la ciudad no tenían jardines o césped, pero el mío tenía un pequeño patio delantero que se empotraba en el edificio. Estaba adornado con unos pocos árboles topiarios en grandes macetas, y dos bancos de piedra que flanqueaban las dobles puertas delanteras. Sentada en uno de estos bancos, jugando con algo en sus manos, había una mujer con un largo y ligeramente enredado cabello negro azabache que le cubría la mayor parte de la cara. Llevaba ropa negra que parecía un poco desgastada, como si hubiera estado viajando durante un tiempo. Una gran y maltrecha mochila estaba sentada en el banco a su lado, lo que parecía confirmar su condición de vagabunda.

Cuando se dio cuenta de mí, se volvió en mi dirección. Su piel era pálida y suave, acentuada por un lápiz labial muy oscuro. Lo más importante, llevaba las gafas de Harry Potter/John Lennon. Me detuve abruptamente y empecé a buscar en mis bolsillos a mi amiguito amarillo.

Yo también debí haber estado viéndola, porque ella de repente dijo: "¿Qué estás mirando?"

Di un paso atrás por sorpresa. Los fantasmas nunca me habían hablado antes. Entonces me di cuenta a lo que ella estaba prestándole atención. Había estado leyendo algo en su teléfono móvil; mis fantasmas no eran de esta época, así que no tenían teléfonos móviles. La segunda cosa que me llamó la atención fue que sus gafas no eran gafas, sino gafas de sol... aunque en mi defensa, el tinte de los lentes era muy ligero en su mayor parte. Debía ser una mujer de verdad, y por supuesto el pensamiento de "mujer de verdad" me hizo reír a carcajadas, lo que la hizo fruncir el ceño.

"Lo siento, me ha asustado. ¿Puedo ayudarla? ¿Está esperando a alguien?" Yo pregunté.

Se puso de pie y apartó de su cara su cabello, dándome una visión más clara. No era super-modelo, pero había algo en ella que te hacía querer mirar un segundo o dos más de lo que se consideraría educado.

"Por supuesto que estoy esperando a alguien, ¿por qué más estaría sentada aquí?" preguntó sarcásticamente.

Arqueé una ceja y respondí con igual sarcasmo. "¿Y quién podría ser?"

No perdió la actitud cuando respondió: "Estoy esperando a mi tía, por cierto".

Ella estaba empezando a molestarme. "¿Tu tía tiene nombre?"

Esta vez se rió y dijo: "Por supuesto que tiene un nombre".

¡Fue suficiente! Había tenido un día difícil hasta ahora y no estaba de humor para esta dama, y de repente deseé que *fuera un fantasma* para poder pincharle con mi confiable número dos y seguir mi camino. En vez de eso, saqué la vieja estrategia para cuando encontrara un visitante no deseado en nuestro pequeño patio.

"Señorita, esto es propiedad privada. A menos que tenga asuntos con uno de los residentes, salga de aquí o llamaré a la policía."

Se rió de nuevo, pero luego se convirtió en una sonrisa que era casi una mueca y dijo: "Lo siento. Estoy esperando a mi tía Justine, Justine Wilkinson".

Eso era un verdadero problema. Justine me había dicho en muchas ocasiones que era hija única y no tenía familia viva. Sospeché inmediatamente y empecé a buscar mi móvil en el bolsillo. Tal vez llamar a la policía no era una mala idea después de todo.

"La conozco, y no tiene hermanos *ni* familia. Voy a llamar a la policía ahora. Tiene hasta que termine de marcar para salir de aquí", dije mientras introducía la contraseña de mi teléfono.

La mujer se encogió de hombros y alcanzó su mochila, cargándola con sorprendente facilidad a pesar de su tamaño, y dijo: "Llámalos si quieres. Justine me acaba de enviar un mensaje y dijo que estaría aquí pronto. Esperaré en la acera". Pasó junto a mí y se dejó caer en la acera, dejando caer la mochila mientras lo hacía.

No estaba seguro de qué hacer. ¿Debería esperar a ver si Justine realmente estaba en camino, o debería llamar a la policía? Decidí entrar y esperar en los escalones del vestíbulo. Si

Justine aparecía pronto y reconocía a la mujer, al menos me sentiría mejor por su merodeo.

La mujer tenía razón; Justine llegó en taxi diez minutos después. Las vi abrazarse antes de que ambas se dieran vuelta para entrar al edificio. No quería enfrentarla de nuevo, así que subí las escaleras antes de que llegaran a la puerta.

Pensé en ir a ver a Justine dentro de un rato para asegurarme de que todo estaba bien. Esperé quince minutos y luego llamé, y ella respondió con su habitual tono alegre. Había aprendido hace tiempo que Justine prefería a la gente directa, así que no me molesté en tratar de endulzar mis preocupaciones.

"Hola Justine, ¿cómo estás?"

Reconoció mi voz inmediatamente. "Oh, George querido, fabulosa. ¿Cómo estás tú?"

"Estoy bien. Quería ver cómo estabas. Había una mujer esperándote antes. No era exactamente amistosa. ¿Está todo bien?" Yo pregunté.

Ella se rió maliciosamente. "Sí, querido, todo está bien. Era mi sobrina Billy... bueno, es la nieta de mi prima, pero 'sobrina' es mucho más fácil de explicar. Me disculpo, querido. La chica puede ser un poco descarada a veces. Ella mencionó ya haberte conocido hoy y yo tenía la intención de llamarte. ¿Por qué no vienes a cenar esta noche? Ven a las siete, querido, beso, beso". Colgó antes de que pudiera responder. De pronto, ahora tenía planes para cenar con mi vecina favorita *y* su sobrina descarada.

TRECE

No me gustaba aparecer en cenas que me invitaban
sin llevar algo, así que cogí mis llaves y me dirigí al mercado de
la esquina. El propietario del mercado y la tienda de delicatessen no era otro que Bob, el hijo de Albert y un conocedor de
los vinos finos; por lo tanto, llenó el mercado con una gran
selección. Como no tenía ni idea de lo que Justine tenía en el
menú, decidí comprar un tinto y un blanco. Después de una
jovial discusión con Bob sobre el béisbol (los Gigantes eran su
segundo amor, el vino su primero), le expliqué mi dilema y me
ayudó a seleccionar dos botellas de vino moderadamente caro.
Todo el viaje duró menos de veinte minutos, lo que me dio
varias horas para matar antes de que me esperaran para la cena.

El día me había presentado informalmente a dos personas
muy extrañas: Edgar, el misterioso asistente de Frederick
Vokkel, y Billy, la desagradable sobrina de Justine que no era
realmente la sobrina de Justine. Sentía curiosidad por ambos,
pero no sabía el apellido de Edgar, así que no iba a llegar a
nada. Tampoco sabía el apellido de Billy, pero quizás una

búsqueda de Justine me daría alguna información sobre su prima y podría seguir desde allí.

Nunca pensé en buscar a Justine en Internet. Éramos amigos íntimos y supuse que ya me había contado las cosas importantes, por lo que me sorprendió que tuviera su propia página de Wikipedia. Detallaba su linaje, sus primeros años de vida y educación, sus contribuciones caritativas, y el hecho de que todavía era la accionista mayoritaria de la compañía que su padre había empezado hace más de ochenta años. Justine nunca había mencionado ninguna participación en la compañía, así que asumí que dejó que alguien más la dirigiera y sólo cobraba un cheque. La página tenía hipervínculos para su padre y la compañía en sí, así que empecé con el viejo y querido papá.

Justin Wilkinson había sido un trabajador portuario en su adolescencia y había logrado involucrarse con una compañía naviera y ascender bastante rápido, al parecer era muy diligente. Eventualmente obtuvo el control de dicha compañía, y desde allí se expandió de manera constante. La compañía ahora era una de las mayores empresas de transporte internacional del mundo. Me sorprendió la modestia de su única hija. Estaba claro que ella estaba acomodada, pero nadie sabría por la casa de Justine y su estilo de vida que era *tan* rica.

Revisé la página en busca de cualquier mención de otros parientes, y encontré lo que buscaba hacia el fondo. William Wilkinson, el único hermano de Justin, figuraba como uno de los oficiales de la compañía. Había sido traído como gerente y a medida que la compañía crecía, él crecía con ella. Tomó un puesto en la jerarquía en los años 40 y permaneció allí hasta su muerte en 1959. Se dice que le sobrevivió su única hija, una hija llamada Wilhelmina. El hecho de que ambos hombres nombraran a sus únicas hijas con el equivalente de su nombre no se me pasó por alto.

Como Wilhelmina era la única pariente listada aparte del padre y el tío de Justine, escribí su nombre, usando Wilkinson como apellido y añadiendo San Francisco a la búsqueda con la esperanza de que sus actividades fueran locales. La combinación produjo resultados variados, así que empecé a escanearlos, esperando que algo saliera. En la página dos, encontré un enlace titulado *"La ciudad embrujada"*. Una tal Wilhelmina Wilkinson aparecía en la lista, así que hice clic en él. Resultó ser un viejo artículo de una revista que circuló en los años 70 por un grupo de investigación paranormal que se centró en los lugares embrujados de San Francisco.

Este artículo en particular se centró en personas embrujadas, en particular la sobrina socialité del magnate naviero Justin Wilkinson de San Francisco. Según el artículo, Billy, como la llamaban cariñosamente, era capaz de ver fantasmas. En la entrevista, describió estos fantasmas como espíritus crueles que aparecían cuando alguien estaba enfermo. Continuó diciendo que empezó a matarlos de cierta manera, y adivinaste, pinchándolos. La escritora describió a Billy como un artista, cuyas pinturas se exhibieron en la Galería de Arte Motique en la calle Haight. El artículo no decía mucho más, así que busqué la galería. Todavía existía cerca de aquí.

Motique fue fundada en 1975 por un grupo de pintores y escultores que no habían podido llevar su trabajo a galerías más reputadas (y rentables). Hoy en día todavía exhibe y vende el trabajo de los desconocidos, algunos de los cuales se han hecho famosos. La parte izquierda de la página principal tenía varias opciones para saber más, una de las cuales decía "Artistas del pasado". Eso sonaba prometedor, así que hice clic en él, y a mitad de la página la encontré a ella, Wilhelmina Wilkinson. En ella aparecía su estadística vital, el hecho de que había dejado una suma considerable de dinero a la galería al morir, y que era una de sus artistas fundadoras. También estaban ennumerados los títulos de varias de sus pinturas, la más famosa llamada "Lo que me acecha", el cúal reconocí inmediatamente. El cuadro fue vendido poco después de su muerte a un coleccionista anónimo, y no ha sido visto desde entonces. Me preguntaba si debía decirles dónde estaba. Había otras pinturas también y me fijé en cada una de ellas para verlas mejor. Todo el trabajo de Wilhelmina era similar; oscuro e inquietante. La última pintura que vi fue un paisaje y me pareció familiar. Me di cuenta de por qué más tarde esa noche.

CATORCE

A LAS SEIS Y MEDIA ME DUCHÉ Y ME VESTÍ CON pantalones caquis, una camisa de botónes y un par de zapatos de cuero negro pulidos y con cordones. Justine no era formal, pero aborrecía la ropa descuidada, lo que me hizo pensar en Billy y su desaliñada apariencia de viajera cansada. Tomando las dos botellas de vino, dejé mi apartamento y caminé los 6 metros hasta la puerta de Justine. Después de un rápido toque del timbre, fui recibido por Anne, la "compañera" de Justine por falta de una mejor palabra. Anne mantenía la casa, ocasional-mente llevaba a Justine de aquí para allá, y era una cocinera increíble. Aunque la mayoría de los ocupantes del edificio eran acomodados, Justine era la única que conocía que tenía ayuda en la casa. Anne era un poco intimidante si no la conocías; media alrededor de 1,70 m y era robusta, con hombros anchos y un comportamiento distante. Eso no quiere decir que fuera grosera... no era la persona más amistosa si no te conocía, y era extremadamente protectora con Justine, lo que la hacía muy aceptable a mi parecer.

Como mencioné antes, mi apartamento y el de Justine

ocupaban el sexto piso, que también era el último del edificio. Mi humilde espacio era más pequeño, mientras que el de Justine era simplemente enorme. Ella me había contado la historia del edificio; comenzó como un edificio de apartamentos, y en algún momento se convirtió en un edificio de alquiler común, que era similar a la estructura de un condominio, pero no exactamente igual. Al venderse los apartamentos individuales, muchas de las unidades de uno y dos dormitorios se compraron en pares y se convirtieron en viviendas más grandes. La de Justine era en realidad de tres unidades combinadas en una, lo que la convertía en la más grande del edificio. Su sala de estar ocupaba la esquina suroeste y estaba rodeada por ventanas de piso a techo en un lado y puertas francesas que daban a una pequeña terraza en el otro. Las puertas estaban abiertas y una ligera brisa ondeaba las cortinas de seda.

Su gusto era bastante sencillo, pero incluso este ojo inexperto sabía que las piezas eran también muy caras. Prefería los colores naturales de la tierra para los muebles tapizados y ricos acabados para los muebles antiguos de madera. Sus obras de arte consistían en grandes lienzos de colores, la mayoría paisajes, y su vivacidad compensaba la simplicidad de la paleta de colores de la habitación. Miré a mi alrededor, dejando que mi mirada cayera al fondo de la habitación. El espacio fue diseñado como un rincón de lectura, abierto a la habitación, pero siendo parte de ella. Los altos estantes de libros llegaban al techo y ocupaban todas las paredes con la excepción del centro de la pared del fondo, que sostenía una acogedora chimenea.

Sobre la chimenea, colgando en toda su gloria, estaba el cuadro hecho por su prima, el que yo recordaba pero no podía colocar. Representaba colinas y valles oscuros en las primeras etapas de la luz del atardecer. Había varias formas parecidas a las humanas, una amarillenta que parecía huir de varias formas grises más ominosas. Tenía un estilo muy similar a *"Lo que me acecha"*. Me pregunté por qué nunca lo había notado antes; seguramente había estado colgado allí todo el tiempo. La pieza parecía tan fuera de lugar en un espacio que era en su mayor parte brillante y alegre. Casi parecía crear una especie de vórtice, o agujero negro, en la habitación, absorbiendo el color y la luz si lo mirabas demasiado tiempo.

El hecho de que Vokkel tuviera *"Lo que me acecha"* colgando en su escalera no se me pasó por alto. No había, o debería decir, no había *querido* conectar al hombre extraño con Justine. ¿Por qué tenía las obras de arte de la prima de Justine colgadas en su casa? ¿Era Wilhelmina la mujer de la que se rumoreaba que se había suicidado por culpa de Vokkel? ¿Justine conocía a Vokkel? No podía quitarme la sensación de que nada de esto era una coincidencia, y quizás necesitaba tener una buena charla a la antigua con mi encantadora vecina.

Hubo un ligero toque en mi codo y la no tan gentil voz de Anne dijo: "Sr. Sinclair, ¿está usted bien?"

Odiaba que me llamara por mi apellido, pero le sonreí igual y asentí con la cabeza, y luego miré el cuadro una vez más. Ella notó la dirección de mi mirada, y en un susurro conspirativo, dijo, "Odio esa pintura, es espeluznante". Como si se diera cuenta de que había hablado fuera de lugar, se movió incómodamente y dijo: "Por aquí, Sr. Sinclair. Las damas están en la terraza." Todavía tenía su mano en mi brazo, y con una sorprendente cantidad de fuerza, me empujó hacia las puertas francesas.

QUINCE

Entré al patio para encontrar a Justine y Billy bebiendo vino y entablando una profunda discusión. Se detuvieron abruptamente cuando me vieron. Como de costumbre, Justine estaba vestida impecablemente; pantalones de lana ligera con un suéter a juego y una bufanda de colores alrededor de su cuello. No sabía qué era lo *habitual* para Billy, pero no se parecía en nada a nuestro primer encuentro. Se había deshecho de su ropa oscura y sucia para ponerse una falda hasta la rodilla, un suéter blanco y zapatos estilo ballet. Su cabello había sido lavado recientemente y colgaba en sedosas olas negras en su espalda. El lápiz labial oscuro había desaparecido, así como las gafas... el resultado general fue el de una joven y bonita mujer, no el del odioso vagabundo que había conocido antes.

Justine me saludó y yo me incliné y le planté un beso en la mejilla. Luego indicó a la silla más cercana, que estaba incómodamente cerca de Billy. Sin las gafas, podía ver sus ojos más claramente. Eran de color verde brillante, y estaba seguro de haber visto un destello de intención maliciosa. Eché una mirada sospechosa en su dirección; limpia o no, estaba seguro de que me iba a morder.

"George, querido, me gustaría presentarte", sonrió y miró a Billy, "a mi sobrina Billy". Billy, este es mi vecino favorito, George Sinclair."

Sólo para hacerme el simpático, me incliné hacia ella y extendí mi mano en un saludo formal. "Encantado de conocerte, Billy, he oído tan poco sobre ti."

Si Justine captó mi comentario sarcástico, lo ignoró, pero Billy no. Se burló de mí ligeramente. "Bien, supongo que yo también", dijo mientras me daba la mano con una sacudida floja y poco sincera.

Justine no ignoró ese comentario y abofeteó ligeramente la mano de Billy, lo que me hizo sonreír hasta que también abofeteó la mía, y no tan ligeramente. Ella regañó, "Ustedes dos se llevarán bien. No tengo intención de pasar la noche con dos niños discutiendo".

Billy me miró con ojos verdes helados, y luego se volvió hacia Justine y dijo: "Lo siento, Tía Justine".

Así como ilustrando sus sentimientos hacia mí, una brisa fría y fuerte atravesó la terraza y nos hizo temblar a todos. Le dije: "¿Por qué no entramos, Justine? Se está poniendo demasiado helado aquí afuera." Eché un vistazo a Billy para asegurarme de que el doble sentido no se le escapaba. Su mirada se volvió aún más fría.

Justine y Billy se sentaron en el sofá y yo tomé un cómodo sillón a su izquierda. Me dio una vista de la alcoba de lectura y el cuadro, que parecía más siniestro cuanto más lo miraba. Anne entró en la habitación con una botella de vino recién abierta y un vaso, y cuando empezó a servir, captó la dirección de mi mirada y la siguió hasta el cuadro. Estaba claramente incómoda alrededor de él, pero luego pareció sacudir la sensación. Me dio mi copa y rellenó los vasos de las damas, luego anunció que la cena se serviría en breve y salió apresuradamente de la habitación.

Billy estuvo observando todo el intercambio, y dijo de una manera sarcástica que me estaba volviendo muy familiar: "¿Te gusta ese cuadro, George, o te asusta?"

Sin mirarla, y tratando de sonsacar mi propio sarcasmo, dije: "¿Por qué me asustaría, Billy?"

"Oh, no lo sé. Lo miras como un conejo acorralado, y temblaste por un segundo... ya sabes, como si te asustara."

Me encogí de hombros con indiferencia y dije: "Las pinturas no me asustan; sólo me recuerdan a una que vi recientemente". Me estaba cansando de Billy, así que me volví hacia Justine y le pregunté: "¿Tiene nombre?"

Justine no me contestó, sino que sus hombros se desplomaron ligeramente y suspiró. Puso su copa de vino sobre la mesa y se levantó y caminó hasta el secreter antiguo en el rincón más alejado de la habitación. Abrió la tapa y sacó un pequeño papel doblado, volviendo al sofá y sentándose pesadamente.

"Esperaba que no fueras tú, querido, pero ahora sé que debe ser así." Me entregó la nota y esperó a que lo leyera. Desplegándolo, leí el contenido. En elegante caligrafía escrita a mano, decía: *Hay otro. Creo que lo conoces. Estaré en contacto. F.V.*

Supongo que sabía que esto iba a pasar, pero maldición, no quería creer que Justine podría estar escondiendo algún secreto profundo, oscuro y paranormal. ¿Cómo podría esta dulce y anciana mujer estar involucrada en todo esto? El silencio y lo desconocido eran obviamente demasiado para Billy. Ella cruzó y me arrebató la nota de la mano antes de que me diera cuenta de lo que estaba pasando. Después de leerla, miró de Justine a mí y luego de vuelta a Justine, y dijo: "¿Es por esto que me llamaste?" Su tono no era duro, pero era firme y Justine se estremeció un poco.

Justine habló en voz baja. "Recibí esa nota hace dos días. Ha pasado tanto tiempo desde que se puso en contacto conmigo que casi me había olvidado de él." Le dio una palmadita en la rodilla a Billy y continuó. "El cuadro se llama *Lo que me caza*. Mi prima..." Le dio una palmadita a Billy otra vez. "La abuela de Billy, lo pintó, junto con una pieza de acompañamiento. Si has visto la otra..." Hizo una pausa como si tuviera problemas para continuar, y luego suspiró fuertemente. "¿Asumo que has estado en su casa?"

Asentí con la cabeza con sentimiento de culpa; después de todo, me habían advertido de no ir allí, y basado en la incomodidad de Justine supuse que ella tampoco era fan de Vokkel. Ya había superado mi sorpresa por su involucramiento, pero de repente me llené de ira *por* su involucramiento. Mi nueva pequeña conocida, la o sobrina o lo que sea que fuera, debió haber captado mi vibra de desagrado.

"No te metas en un lío, George. Hay una explicación perfectamente irrazonable para todo."

La había escuchado, pero no estaba escuchando realmente, así que lo que dijo tomó un minuto para asimilar. Me concentré en su cara... no había ningún signo de su anterior disgusto, y sus ojos verdes brillaban. De repente me di cuenta de que era muy bonita... al menos lo parecía cuando no me estaba colmando el plato.

Levanté las cejas, en parte en confusión, en parte en diversión por lo que ella había dicho, y pregunté: "¿Irracional? Supongo que eso resume las últimas semanas de mi vida". Con eso, tomé mi copa de vino y me recosté en mi silla, esperando que una de estas mujeres me informára más.

"George", dijo Justine con una voz tímida que nunca antes la había oído usar. "Pensé que tal vez te estaba pasando a ti cuando preguntaste por el nieto de Annette. ¿Lo recuerdas?"

Lo recordé, y también la recordé diciendo que el chico

estaba bien. "¿Así que había algo malo en él? Y ese fantasma que pinché en el ascensor... ¿fue la causa de la leucemia del chico?"

"Sí, querido".

No tuvo oportunidad de explicarlo porque Anne había vuelto para llamarnos a cenar. Sin decir una palabra más nos trasladamos al comedor, otra gran sala pintada en un suave azul huevo de paloma, con ribetes blancos brillantes y cortinas de seda de color crema que se encharcaban en el suelo y me recordaban a cascadas de helado de vainilla. Me calmé un poco una vez que nos sentamos a la mesa. Los colores y texturas relajantes ayudaron, pero estar lejos de la pintura ayudó aún más.

Después de que Anne sirviera el primer plato, Justine comenzó a contarme una historia. "Billy y yo sólo teníamos unos pocos años de diferencia de edad, y ninguna de las dos tenía hermanos; por lo tanto, pasamos mucho tiempo juntas en nuestros años de juventud. Eramos como hermanas. Ella empezó a ver los fantasmas en algún momento de su adolescencia... no estoy muy segura de cuándo, ya que yo había ido a la universidad y no podía verla tanto como quería... o necesitaba. Después de mi graduación, volví a vivir permanentemente en San Francisco. Para entonces, mi padre se había vuelto a casar y su nueva esposa no estaba interesada en tener una hijastra cerca. Billy se había vuelto bastante rebelde, y mi madrastra me sugirió que me mudara a la casa de mi tío para intentar ser la mentora de la pobre chica. Mi padre, que Dios lo bendiga, sabía que ese arreglo sólo podía ser temporal en el mejor de los casos, y compró el apartamento para mí. Sin embargo, me quedé con mi tío durante unos meses mientras se hacían las renovaciones aquí." Justine agitó su mano por la habitación.

"En los meses siguientes, hice todo lo posible por hablar con Billy, para averiguar qué le molestaba y le causaba tanto dolor. Desafortunadamente, para entonces ya había desarrollado una reputación en la sociedad educada como una joven salvaje e incontrolable, y a muchos de sus compañeros se les prohibió asociarse con ella. Debes entender... las cosas eran bastante formales en esos días, especialmente para la gente de nuestra posición social. Ella llegaba a las fiestas y galas vestida a la moda más cara, y al principio era encantadora y agradable, pero no duraba. La mayoría pensaba que había bebido mucho; sus palabras eran incoherentes y la mayoría de las veces se le pedía que se fuera. Fui testigo de una ocasión en la que se sacó un cuchillo de mesa de plata de su bolso y comenzó a picar a nada en particular. Al darme cuenta de que algo iba terriblemente mal, la acompañé a la salida rápidamente. Verás, la había estado observando de cerca esa noche, y ni una sola vez bebió".

Justine hizo una pausa mientras Anne servía el segundo plato, y luego continuó con su historia. "Después de mucha coacción, fui capaz de extraer la verdad de Billy. Me dijo que había estado viendo fantasmas y que eran crueles y maliciosos... que hacían daño a la gente. Dijo que cuando los apuñalaba, se iban y que una persona cercana que estaba afligida por una dolencia se curaría de repente. Por supuesto, yo sabía que ella debía estar sufriendo alguna enfermedad mental e inmediatamente informé a mi tío. Él decidió que debía ser enviada lejos, y dispuso que asistiera a una escuela en Suiza donde ayudaban a jóvenes con problemas. Pensé que era una idea maravillosa y la aprobé con gran entusiasmo. Más tarde descubrí, para mi horror, que no era una escuela en absoluto, sino más bien un manicomio".

Justine apenas había tocado su comida, y puedo decir que la historia le estaba pesando. Miré a Billy y su expresión parecía confirmarlo. Ella tocó suavemente el brazo de Justine y dijo: "Tía Justine, ¿por qué no me dejas continuar la historia para que puedas comer?" Su tono era tan relajante y cariñoso que olvidé mi aversión por ella. Yo sonreí y ella me devolvió la sonrisa.

Billy continuó donde Justine lo había dejado. "Mi abuela aún estaba en Suiza cuando mi bisabuelo tuvo un ataque cardíaco mortal. Como el padre de Justine era el albacea de su patrimonio y ahora el tutor de mi abuela, trajo a Billy a casa para el funeral. Ya no hablaba de fantasmas y todos pensaban que estaba curada. Había aprendido a pintar mientras estaba allí y mostraba mucho potencial, así que él le consiguió una vivienda y algunos estudios adicionales y la dejó quedarse en San Francisco.

"Unos años más tarde, la abuela apareció embarazada de mi madre. No le dijo a nadie quién era el padre, y como su cumpleaños número 21 había llegado y se había ido sin más signos de locura, había heredado todo el dinero de su padre y podía cuidarse ella misma. No había nada que nadie pudiera hacer. Eran los sesenta y todo ese amor libre estaba volando por ahí, así que realmente, ¿a quién le importaba de todos modos?" Justine hizo un ruido no muy aprobatorio en el último comentario y Billy sonrió.

"Sin embargo, en este punto ella estaba empezando a hablar de sus fantasmas de nuevo. Fue entonces cuando la tía Justine intervino para ayudar. Arregló que Julie, que por cierto es mi madre, tuviera una niñera y una educación adecuada y todas esas cosas buenas, mientras la abuela se perdía en su propio mundo. De vez en cuando la policía llamaba para decir que la tenían en la comisaría local porque perturbaba la paz con un palillo, y al menos en una ocasión terminó en el hospital. Más adelante... en la mitad de los setenta, la abuela estaba pintando cosas oscuras y perturbadoras, y estaba conectada a esta galería en la calle Haight y pasándola bien. Incluso se las arregló para evitar a los policías, en su mayoría, en sus habituales aventuras nocturnas con los palillos.

"Cuando Julie llegó a la edad universitaria, la abuela estaba en una situación bastante desesperada y aparentemente muy enferma. Había desarrollado un enfisema, pero eso no es lo que le pasó al final. Cuando la gente de la galería no pudo localizarla durante varios días, uno de ellos fue a su apartamento y rompió la puerta. La abuela estaba sentada en una silla con tres cuchillos de cocina saliendo de sus entrañas. El forense y la policía dijeron que fueron autoinfligidos y lo llamaron suicidio." Billy se encogió de hombros como si no creyera realmente en la historia del suicidio.

"¿No crees que lo fue?" Yo pregunté.

Miró a Justine y luego a mí. "Creo que la mataron, pero eso es para otro momento. Déjame terminar esta parte primero. En su funeral, un hombre se acercó a la tía Justine y anunció que era el padre de Julie e insistió en verla. Julie se había convertido en una perra encantadoramente ingrata para entonces y no hizo tiempo para el funeral de su propia madre: ¿y por qué debería hacerlo? Había heredado una tonelada de dinero y no tenía que responder ante nadie..." Esto salió amargamente, y empezaba a ver por qué Billy era como era. También noté que Billy no se refería a su madre como "mamá", sino por su nombre de pila. Eso gritaba distanciamiento al menos, o una aversión extrema hacia la mujer.

"Nadie sabía dónde estaba Julie en ese momento, de todos modos. La tía Justine se lo dijo al hombre y luego le dijo que se fuera a contar arena. Unos años más tarde reaparece y le cuenta a la tía Justine todo sobre su relación con Billy, que según él, comenzó mientras ella estaba en el manicomio en Suiza. Dijo que sabía que ella se había ido a su casa en San Francisco, pero que no podía vivir sin ella y la siguió hasta aquí; tórrido asunto, un bebé fuera del matrimonio, bla, bla, bla..." Agitó la mano con desdén. "También le habló de la habilidad de Billy y le dijo que era real, que realmente veía fantasmas malos y que los mataba, salvando así las almas enfermas de una vida de miseria. Ese hombre no era otro que Frederick Vokkel, y decidió quedarse en San Francisco porque estaba seguro de que Julie reaparecería. También estaba seguro de que Julie debía tener la misma capacidad que su madre... que por cierto no la tiene".

Billy alcanzó la botella de vino en la mesa y sirvió una copa llena, que ella bebió de un solo trago. Justine se había recuperado para entonces, y también había logrado comer la mayor parte de su comida. Anne volvió a limpiar los platos y a preguntar por el café, que todos aceptamos. Cuando el café estaba en su lugar y Anne había desaparecido con los platos restantes, Billy se levantó de la mesa, fue al aparador incorporado y sacó una botella de Bushmills 21 del gabinete inferior (Justine y yo compartíamos el amor por el whisky fino, y aparentemente, también su sobrina). Levanté las cejas con sorpresa y aprobación, y Billy me guiñó un ojo en respuesta.

"Necesitarás esto para la próxima parte", dijo mientras vertía un shot completo en nuestras dos tazas de café. Me sorprendió aún más, pero decidí no quejarme. Justine puso su mano sobre su taza cuando Billy inclinó la botella en su dirección. Recogí mi café y tomé un tímido sorbo, el whisky era fuerte y bueno. Asentí a Billy para continuar.

"Así que Julie aparece unos años más tarde, y ha gastado la mayor parte de su herencia trotando y jugando imprudentemente y quedando embarazada en algún lugar, y ahora tiene a una criatura a su cargo. La tía Justine aceptó ayudarla, como hizo con la Abuela Billy. Puso a Julie en un apartamento y se aseguró de que me cuidaran. Después de un año, Julie volvió a sus costumbres e ignoró sus deberes como madre. La tía Justine le dijo que se enderezara o demandaría la custodia y dejaría de apoyarla.

"Aunque Vokkel había mantenido un perfil muy bajo, aparentemente había estado vigilando a la tía Justine con la esperanza de que Julie apareciera. Sabía que Julie había vuelto y se había puesto en contacto con ella, y cuando se dio cuenta de que su financiación se iba a agotar, hizo un trato con el viejo bastardo." Los ojos de Billy habían vuelto a su cualidad helada, pero al menos no estaba dirigida a mí. "Le entregó la custodia de mí a Vokkel, y a cambio él le dio un buen pedazo de pastel, con el que solía desaparecer por ahí. Yo tenía cuatro años en ese momento. Me fui a vivir a la casa de Vokkel en Pacific Heights. Tenía una niñera y un hombre extraño llamado Edgar para cuidarme." Se detuvo para tomar un sorbo de su café.

"¿Por qué Vokkel te querría?" Pregunté, dándome cuenta demasiado tarde de que la pregunta salió mal. "No quise decir eso, Billy; sólo que no entiendo por qué el viejo querría cargar con una niña de cuatro años cuya madre la abandonó." Eso no apaciguó exactamente a Billy, pero ella lo explicó de todas formas.

"Vokkel comenzó como un psiquiatra común y corriente; se interesó en lo paranormal cuando algunos de sus pacientes empezaron a hablar de fantasmas. En algún momento decidió que era un experto, y en realidad tenía secuaces que rastreaban los manicomios para personas con delirios paranormales. Había oído hablar de la abuela por el psiquiatra local que la trató... ese médico fue el que recomendó enviarla a Vokkel. Vokkel había aprendido mucho acerca de los asesinos de fantasmas y toda la tradición y leyenda que los rodeaba, así que cuanto más nos estudiara, mejor. Pero la abuela era diferente; era poderosa y nunca se había encontrado con nadie como ella, sólo había oído hablar de ellos. Por eso la siguió a San Francisco. Mi abuela no estaba jugando con una buena mano". Miró a Justine, que sonrió con tristeza. "Lo sabía, pero la dejó embarazada de todos modos... quería otra como ella. Cuando se dio cuenta de que Julie era sólo una mocosa malcriada y nada especial, se echó hacía atrás. Pero cuando Julie apareció con una niña, se interesó de nuevo, esperando que tuviera el talento de la abuela". Billy había dicho "nos" y se agrupó con los asesinos de fantasmas, lo que provocó un millón de nuevas preguntas, pero pensé que era mejor dejarles terminar su historia antes de bombardearlas. También sentí una punzada de emoción ante la perspectiva de otro asesino de fantasmas en mi medio.

Justine tomó la mano de Billy para tranquilizarla, y luego se volvió hacia mí y me dijo: "Estaba segura de que Frederick también era inestable. Pedí a los tribunales la custodia, pero él era tan rico como yo y se defendió. También era su abuelo y yo sólo era una prima segundo. Siempre fallaron a su favor. Sin embargo, pude convencerlo de que me permitiera visitar y pasar tiempo con Billy. Ella me contó sobre sus avistamientos de fantasmas, y le aconsejé que se mantuviera callada al respecto. Desafortunadamente, el asistente de Frederick, Edgar, tiene un ojo muy agudo, y era su principal función en la casa vigilar de cerca a Billy para detectar signos de esta maldición". Los ojos de Justine se habían humedecido por la emotividad.

"Edgar acompañaba a Billy a la escuela un día. Había estado sosteniendo su mano, y cuando se acercaron a los escalones de la academia, Billy metió la mano en su bolsillo, sacó su regla y apuñaló algo. Edgar no puede ver los fantasmas por sí mismo, pero Billy..." Dudó y le sonrió. "Billy puede transferir su visión con el tacto, y como tal, Edgar fue testigo del fantasma y su fin."

Justine suspiró. "Tenía sólo nueve años en ese momento, y a pesar de que las jóvenes necesitan la influencia de una madre, Frederick se la llevó lejos de mí a un lugar apartado en Alemania. Quería que fuera a la escuela y que estudiara sin interrupción. Intenté durante años encontrarla, pero nunca tuve éxito." Sus ojos aún estaban húmedos, pero miró a Billy cariñosamente. "Cuando Billy tenía dieciséis años ella se escapó. Nunca me había olvidado ni a mí ni a mi número de teléfono." Se acercó y suavemente puso su mano sobre la mano de Billy. "Encontró una manera de llamar y de inmediato envié a alguien a ella y arreglé que volviera a casa."

Billy sonrió. "Él me encontró, por supuesto, pero amenacé con contarle a todos que era un pederasta si no me dejaba en paz". Levanté las cejas y ella sonrió con maldad. "Es muchas cosas, pero no era eso. Pero sabía que si hacía esa afirmación públicamente su vida sería un infierno por un tiempo, así que se alejó. Me quedé con la tía Justine y terminé el instituto, y luego me fui a la universidad. En mi segundo año, un hombre de mi edad se me acercó, me dijo que había sido estudiante de Vokkel, y que sabía lo que yo era.

"No fui la única asesina de fantasmas en el complejo de Vokkel en Alemania. Había otros, niños y adultos por igual. Pero yo era su único pariente, y lo más importante, podía compartir mis avistamientos, y eso era muy importante para él. Había estudiado la actividad paranormal la mayor parte de su vida adulta, y creía que había mucho más que los asesinos de fantasmas podían hacer además de ver y matar demonios. Vokkel pensó que una vez que desarrollara más control de mi "don", como él lo llamaba, sería poderosa como mi abuela". La frialdad de sus ojos se intensificó hasta odio puro, y eso me enviaba un escalofrío por la columna vertebral.

"¿Qué pasó con todos los otros asesinos de fantasmas, los de Alemania?" Tenía curiosidad por ellos, pero lo más importante era saber si esa gran casa en Pacific Heights estaba llena de gente como nosotros.

Billy se encogió de hombros y cruzó los brazos desafiantemente sobre su pecho. "No lo sé y no me importa. Todo lo que sé es que cerró todo el lugar y se mudó aquí de nuevo."

"¿Qué clase de cosas pensó que serías capaz de hacer una vez que desarrollaras tu 'don'?"

"¿Alguna vez has notado que algunos de los fantasmas que matas parecen saber lo que vas a hacer?" Asentí con la cabeza, recordando a la niñera asustada en el parque y cómo trató de huir. "Bueno, eso es porque este no es su primer rodeo... su primera víctima, quiero decir. Cuando el embrujado muere, el fantasma necesita... quiere encontrar a alguien nuevo para victimizar. Cuanta más experiencia tienen, más peligrosos son. Algunas de esas personas en el pequeño escondite de Vokkel podían comunicarse con ese tipo de demonios, y los hacían hacer cosas... ...y pensó que yo sería así".

Phil había dicho que la dama victoriana se comunicaba con su amigo asesino de fantasmas, pero ninguno de los fantasmas que había matado había intentado comunicarse conmigo. Pero por otra parte, nunca les di la oportunidad.

Miré a Justine. Parecía exhausta y completamente agotada. Billy siguió mi mirada y dijo: "Ya es suficiente por esta noche... es tarde y está cansada". Miré mi reloj y no podía creer la hora; era casi medianoche. Billy se paró y fue a ayudar a Justine a salir de su silla. Anne apareció como por arte de magia y comenzó a llevarse a Justine.

Justine se detuvo frente a mí y puso su mano en mi mejilla; se sintió como un papel de pergamino contra mi piel. "Hablaremos más mañana, querido. Intenta descansar. Hay mucho más que necesitas saber." Luego se inclinó hacia Anne y salieron de la habitación.

Miré a Billy y le dije: "¿Y ahora qué?"

Sonrió levemente y dijo: "Ahora vete a casa".

DIECISÉIS

Estaba bastante seguro de que lo habladao esta noche había matado efectivamente cualquier habilidad para volver a dormir. Una vez en casa, me quité los zapatos, tomé un trago de whisky, me senté en el sofá y eché la cabeza hacia atrás. Estaba exhausto, pero no podía dejar de pensar en todo lo que me habían dicho. No tenía ningún problema en creer que Vokkel estaba loco... eso fue fácil. ¿Pero hablar con fantasmas? Me reí a carcajadas... ¿por qué no podía ser posible? Después de todo, hasta hace seis semanas tampoco hubiera creído que podía verlos. Me preguntaba si Justine podía verlos también. Dijo que Billy podía transferir su habilidad por medio del tacto. Pensé que tal vez lo había hecho. ¿Por qué si no iba a creer todo esto si no se lo habían probado? Tenía tantas preguntas dando vueltas en mi cabeza a un ritmo tan frenético que me dolía. Cerré los ojos por lo que pensé que era sólo un momento, pero resultó ser casi seis horas.

El día y la noche anteriores habían sido bastante calurosos y había dejado la ventana de la sala abierta. El sonido de los pájaros matutinos cantando alegremente afuera me despertó, y me di cuenta de que me había dormido en posición vertical en el sofá. Me dolía el cuello y todavía estaba cansado. Me arrastré hasta mi dormitorio, me desnudé mientras iba, y me caí en la cama.

El estridente sonido del timbre de mi puerta me despertó unas horas después. Quienquiera que fuese tenía que estar en el pasillo de mi apartamento, porque no era el sonido del timbre del intercomunicador de la entrada del edificio. Aún medio dormido y sabiendo que era Justine o Billy, agarré mis pantalones del piso y me dirigí tambaleante a la puerta de mi casa. Estaba a un metro y medio cuando mi invitado no esperado empezó a golpear la puerta y a apoyarse en el timbre. Me di cuenta, infelizmente, de que tenía que ser Billy; Justine nunca sería tan grosera.

Revisé la mirilla, confirmé la identidad de mi visitante no deseada y abrí la puerta de un tirón. "¡Maldita sea, mujer! ¿Cuál es tu problema? ¡Estoy tratando de dormir!"

Pasó a mi lado y se fue a la sala de estar sin decir una palabra. La seguí y la vi coger mi vaso de whisky y oler su contenido. Me quedé dormido después de un sorbo, así que estaba casi lleno. Ella arrugó su nariz con asco. "Es casi mediodía, así que tienes que estar levantado de todos modos. ¿No crees que es un poco temprano para esto?" dijo mientras agitaba el vaso en mi dirección.

Le arrebaté el vaso y me dirigí a la cocina, y ella me siguió. Mientras hacía café, podía sentir sus ojos en mi espalda. Sólo tenía puestos mis caquis arrugados de la noche anterior, y de repente me sentí consciente de la parte superior de mi cuerpo desnudo. No me malinterpretes, era un joven fornido, y pensaba que me veía muy bien sin camisa. Pero en realidad podía sentir su mirada fija y no era una sensación agradable. Cuando me volví para mirarla, tenía una sonrisa de satisfacción en su cara que decía que era consciente de lo incómodo que me estaba haciendo. Salí de la habitación para buscar una camiseta, y cuando volví estaba sirviendo dos tazas de café. Añadí crema y azúcar a la mía y volví a la sala de estar.

Me siguió de nuevo con su propia taza en la mano, pero no se sentó. En cambio, comenzó a caminar por la habitación, mirando los libros de la estantería, escudriñando mis obras de arte y mobiliario, y no diciendo absolutamente nada. Cuando no pude aguantar más, le dije: "¿Qué quieres, Billy? ¿Justine está bien?"

"Está bien, sólo un poco cansada. Anoche le costó mucho."

También me había costado mucho a mí, por eso quería que se fuera para que yo pudiera volver a dormir. "Vale, entonces responde a mi primera pregunta", dije.

Había estado mirando por la ventana, y ahora se volvió hacia mí y frunció el ceño. "¿Siempre eres tan patán?"

Fruncí el ceño y dije: "Lo que le dice el sartén al cazo, Billy, ¿alguna vez has oído ese dicho?"

Se rió cínicamente y dijo: "Creciste en una bonita casa con padres cariñosos. Yo, en cambio, no lo hice, y me he ganado el derecho a ser una perra. Soy buena en eso; no trates de quitármelo.".

Debí sorprenderme de que supiera algo sobre mi infancia, pero no fue así. Supuse que Justine debía haberla informado. Pero encontré su comentario divertido y un poco desarmante, así que me reí y me recosté cómodamente en el sofá mientras la hacía señas para que se sentara en la silla más cercana, lo cual ignoró.

"Hay muchas cosas que no cubrimos anoche, y ahora estás en el radar de Vokkel, así que necesitas saber algunas cosas." Hizo una pausa e inclinó ligeramente la cabeza. "¿Cómo te conectaste con él, de todos modos?"

Entrecerré los ojos y pregunté en un tono menos que

educado, "¿Te importa si me ducho antes de que nos metamos en todo esto?"

Se encogió de hombros despectivamente y dijo: "Claro, voy a husmear entre tus pertenencias mientras espero". Su diversión hizo que sus ojos se volvieran un poco más brillantes, y yo suspiré resignadamente.

"Bien, no rompas nada", dije al salir de la habitación.

Mi ducha fue rápida y fría. Quería poner en marcha mi cerebro con un pequeño choque de temperatura, y tampoco quería dejar a Billy sola durante mucho tiempo, ya que no tenía ninguna duda de que haría justo lo que decía. Una vez seco y bien vestido con jeans, una camiseta fresca y tenis, me dirigí a la sala de estar para averiguar qué había estado haciendo la pequeña fierecilla. No estaba allí, pero el ruido de las ollas y el delicioso olor del tocino sí. Seguí los sonidos y olores para encontrarla en la cocina haciendo el desayuno. Tal vez no era tan mala después de todo.

Me apoyé en la puerta con los brazos cruzados sobre mi pecho y la observé por un minuto. Llevaba jeans ajustados, con botas negras altas y un suéter a la medida. Tenía una figura bastante buena, y me pillaron con las manos en la masa admirándola.

"Deja de mirarme el culo y trae unos platos y cubiertos", dijo sin darse la vuelta. Debería haberme avergonzado, pero oye, ella me había agredido visualmente antes, así que todo era justo.

"¿Cómo supo Justine que era yo?" Pregunté mientras ponía la mesa.

"La tocaste, ella lo vio."

Al principio no estaba seguro de lo que hablaba, pero luego recordé al niño enfermo y al hombre del vestíbulo. Había pasado junto a Justine en mi prisa por pincharle, y le había tocado el brazo.

Aún dándome la espalda, dijo: "No mucha gente puede compartir su habilidad con otros. Para ser honesta, creo que necesitas tener un poco de talento paranormal no descubierto para verlos, y creo que Justine lo tiene." Se dio la vuelta para mirarme, con una espátula en la mano apuntando en mi dirección. "Tú, amigo mío, puedes compartir y lo compartiste con ella, aunque muy brevemente. Unas horas más tarde preguntaste por el chico. Ella no quería admitirlo para sí misma... sabe lo difícil que es esto para una persona. Cuando recibió la nota de Vokkel supo que tenías que ser tú."

Trajo la sartén de la estufa y puso la mitad del omelette en mi plato, y luego puso la otra mitad en el suyo. Una vez que se sentó, dio un mordisco y sonrió. "Maldición, soy una buena cocinera".

"Y modesta también", dije sarcásticamente. Sin embargo, yo también sonreí, porque ella tenía razón, el omelette estaba delicioso.

"Así que volviendo a mi pregunta... ¿cómo diste con Vokkel?"

Me encogí de hombros. "Estaba asustado y no podía entender lo que me estaba pasando." Le conté sobre mi encuentro con Phil James y Edgar irrumpiendo en el tour. Incluso confesé mi visita a la casa de Vokkel y lo que pasó una vez que llegué allí. No mencioné a los Vigilantes. Llegaría a ellos en un minuto.

Asintió con la cabeza y se metió otro bocado en la boca. Cuando terminó de masticar dijo, mientras apuntaba su tenedor vacío en mi dirección. "Pero es un hombre muy malo y tienes que alejarte de él".

No estaba en desacuerdo; en cambio pregunté, "¿Por qué te llamó Justine? Más importante aún, ¿por qué viniste? Quiero decir, ¿no podías haberme entregado a tus amigos Vigilantes? Por cierto, ¿quiénes son estas personas que vigilan?"

No mostró ninguna sorpresa de que yo supiera de ellos, así que asumí que sabía de ellos y probablemente conocía a algunos también. Ella levantó sus cejas hacia mí. "Me llamó porque puedo ayudarte, y con Vokkel involucrado, soy la mejor persona *para ayudarte.*"

"Entonces, ¿por qué no dijo algo antes? Quiero decir, podríamos haberlo evitado por completo."

Billy sacudió la cabeza. "Esto no es fácil para ella. Mi abuela estaba loca, no sólo por poder ver fantasmas. Eso fue muy duro para la Tía Justine. Y las payasadas de mi madre, seguidas de que Vokkel me secuestrara, no facilitaron las cosas. Ella no quería que fueras tú, aunque en el fondo sabía que así era." Billy me miró, y esos ojos verdes se sintieron como si pudieran ver dentro de mi alma. "Te quiere como a un nieto, no me preguntes por qué".

"Porque no soy una perra, sólo un patán... me hace muy adorable". Quería que fuera gracioso, pero no parecía divertida. "Lo siento, no quise decir..."

Lo descartó con la mano antes de que pudiera terminar. "No te preocupes por eso. Ella ha estado cantándote alabanzas durante años, y sé lo bueno que has sido hacía ella, para ella, así que... gracias por eso."

De repente me sentí horrible. Justine nunca había mencionado a Billy y pensé que Billy lo sabía. "¿Por qué no me ha hablado de ti?"

"Porque mato cosas... fantasmas, y... porque le pedí que no lo hiciera."

Su referencia a "cosas" me levantó los pelos de la nuca. Estaba bastante seguro de que se refería a algo más que a los fantasmas, así que pregunté: "¿Qué tipo de *cosas?*"

Recogió sus cubiertos de nuevo y terminó lo que quedaba en su plato. Cuando terminó, los dejó y se recostó en su silla. Parecía estar en un estado de contemplación reflexiva.

Finalmente dijo: "Vokkel tenía estas mujeres en ese lugar de Alemania; eran como nuestras profesoras, desde un punto de vista académico, es decir. Una de ellas parecía ser más mi niñera", hizo una mueca, "o guardaespaldas... ella iba a todos los sitios donde yo iba. Para poder escapar, tenía que deshacerme de ella. Sabía que algunas de las personas allí podían comunicarse con los fantasmas, así que pregunté cómo hacerlo. En ese momento no sabía que podía hacerlo yo misma... En fin, Vokkel nos dejaba ir a algunos de nosotros a la ciudad de vez en cuando. El día que escapé éramos cuatro, más Estelle, mi niñera/guardaespaldas. Estaba buscando un fantasma realmente malo para ayudarme, y encontré uno en una tienda en la que Estelle había insistido en que entráramos. La maniobré en su dirección, y cuando estábamos cerca tomé la mano de Estelle y luego tomé la suya... bueno, tanto como se puede tomar la mano de un fantasma, eso es. Se sintió como si tocara... agua. Agua realmente fría..." Se estremeció al describir la sensación. "Cuando lo toqué, este chispazo pasó a través de mí y directo a ella. Ella cayó en el suelo, y yo corrí como el demonio a la estación de tren y salí de allí. Más tarde me enteré de que había muerto".

"¿Mataste a alguien?"

"No tuve opción", dijo enfáticamente. De repente suavizó su tono y dijo, "No sabía que eso iba a pasar. No... No estoy orgullosa de ello, pero lo haría de nuevo si tuviera que hacerlo".

Debería haberme sorprendido con esta revelación, pero no fue así y eso me molestó. Sentado frente a mí había una mujer con la que tenía una conexión como ninguna otra persona que había conocido antes. Por lo que sabía de ella, que admito que era muy poco, su vida había sido un infierno y había hecho lo que tenía que hacer para sobrevivir.

Decidí dejarlo pasar por el momento y pregunté: "Háblame de los Vigilantes".

Se inclinó hacia adelante en su silla y dijo: "Vamos a dar un paseo, me vendría bien el ejercicio". Suspiré en frustración, pero me levanté de la mesa y empecé a limpiar los platos sucios.

DIECISIETE

Caminamos por el parque Lafayette y nos dirigimos a la calle Fillmore. Esperaba que me hablara de los Vigilantes, pero desvió el tema otra vez e insistió en que le dijera cómo y cuándo empezó todo esto para mí. Hizo pocos comentarios y no hizo preguntas, pero le pareció interesante que yo hubiera logrado suprimirlo durante tantos años; sin embargo, no ofreció ninguna información sobre cómo o por qué.

"¿Cómo es que cuando los matamos y las víctimas mejoran, nadie parece recordar que estaban enfermos en primer lugar?" Yo pregunté.

"¿Sabes cuando un amigo o conocido aparece con un nuevo corte de pelo y no estás seguro de por qué, pero sabes que hay algo diferente en ellos, simplemente no puedes precisarlo?" Yo asentí y ella continuó. "Es algo así. Sus amigos y familiares saben que algo es diferente, pero no saben qué. Sólo saben que la persona es mejor por ello".

Habíamos llegado a la calle Fillmore y giramos al norte. Se detuvo frente a un bar con asientos al aire libre; era sólo media tarde y la mayoría de las mesas estaban vacías. Billy fue al que estaba al final y se sentó. El sol estaba en su lento declive hacia el horizonte, y la silla que ella tomó estaba bañada por la luz de la tarde. Inclinó su asiento para que estuviera de cara al calor y cerró los ojos mientras se reclinaba cómodamente. Se veía serena y en paz, algo que no hubiera pensado que era capaz de hacer, considerando su personalidad.

Una camarera apareció y nos pidió nuestra orden. Billy, al parecer no la conocía, así que pedí dos cervezas light. Cuando se alejó hacía la única otra mesa ocupada, el ojo izquierdo de Billy se abrió sólo una poco y el verde captó la luz del sol y pareció guiñarme el ojo, luego lo cerró de nuevo y dijo: "Tal vez no me gusta la cerveza ligera".

"Y tal vez no deberías ser tan grosera cuando una camarera llega a tomar tu pedido."

Se sentó recta y se puso la mano sobre los ojos para desviar la luz del sol, luego reajustó su silla para quitársela de la cara por completo. Para cuando se puso cómoda, la camarera había regresado con nuestras bebidas.

Tomé un largo trago de mi cerveza y luego dije: "¿Por qué evitas mis preguntas sobre los Vigilantes?"

"No estoy evitando el tema, simplemente no quiero hablar de ellos", dijo con naturalidad, como si eso fuera a poner fin a mis investigaciones, lo que por supuesto no iba a ser así.

Dejé que mi molestia se notara. "Mira Billy, aprecio el hecho de que hayas venido cuando Justine te llamó, pero si no vas a decirme lo que necesito saber, entonces no me estás ayudando, ¡y me hace preguntarme por qué demonios estás aquí en primer lugar!"

Su expresión se suavizó y levantó las manos en señal de resignación. "Vale, vale, cálmate. Por lo que sé, empezaron como un pequeño grupo de asesinos de fantasmas que de alguna manera se las arreglaron para entrar en contacto con los demás. Esto fue hace mucho tiempo, como siglos y siglos. En algún momento decidieron que debían convertirse en guardianes de lo que hacemos, cómo lo hacemos, y cómo nos mantenemos en contacto, algo así como una sociedad secreta, supongo. Durante mucho tiempo todo lo que hicieron fue seguir la pista de lo que creían que eran áreas activas de infestaciones de fantasmas... ya sabes, como pueblos con repentinas y misteriosas enfermedades y cosas así. Nos enviaban a algunos de nosotros a estos lugares para comprobar las cosas, y si los fantasmas eran la causa nos encargábamos de ello y seguíamos adelante. Las grandes ciudades son siempre una meca para los fantasmas, así que les gusta mantener al menos dos o tres de nosotros en un suministro constante si pueden."

Tomó un trago de su cerveza y continuó. "Parte de lo que hacen es estar atentos a los nuevos asesinos de fantasmas como tú, y eso funcionó muy bien durante un tiempo, porque, como has descubierto, esto puede ser un gran shock cuando pasa, así que tener a alguien que te guíe y te ayude a aprender lo básico es bueno".

Ella realmente tenía mi atención y yo quería más. La dejé tomar un respiro por un minuto mientras tomábamos nuestras cervezas, luego le dije que continuara. "¿Cuál es la otra parte?"

Después de un largo suspiro, dijo: "No somos muchos y somos casi iguales... vemos un demonio, lo matamos, seguimos adelante. Pero hay algunos de nosotros que pueden hacer más, como la cosa de 'compartir' que hiciste con Justine, y la capacidad de comunicarse con los fantasmas, buenos y malos. Los Vigilantes quieren a esa gente, los que pueden comunicarse."

Phil había mencionado asesinos de fantasmas que podían hablar con los fantasmas, y Billy admitió ser uno de ellos, así que asumí que no era una habilidad poco común. Supongo que mi confusión era evidente, y necesitaba trabajar en mis expresiones faciales o ella podía leer mi mente. De cualquier manera, ella me señaló con el dedo y dijo: "George, George, George... La tía Justine dijo que eras un tipo listo, pero estoy empezando a preguntarme..." Su sarcasmo estaba de vuelta en abundancia.

Era mi turno para mirarla con furia y lo hice lo mejor que pude, pero dudo que le haya llegado a los talones a su bien practicada mirada helada. "Explícalo entonces", dije entre dientes apretados.

Sonrió, le hizo señas a la camarera para otra ronda y luego dijo: "Si puedes comunicarte con los fantasmas, significa que eres un asesino de fantasmas más poderoso, y también significa que probablemente puedas hacer algo más que hablar con ellos... en algunos casos incluso podrías controlarlos. Hay historias por ahí sobre asesinos de fantasmas súper poderosos que pueden hacer cosas increíbles. Si eso es cierto, imagina el tipo de poder que pueden ejercer. Los Vigilantes quieren a esos tipos, y también Vokkel y su gente."

El comentario de Phil sobre un asesino de fantasmas "superhumano" que anda suelto me llamó la atención, así como la parte en la que piensa que podría ser yo. Eso, por supuesto, no tenía sentido; aparte de lo de compartir, estaba bastante seguro de que no estaba haciendo nada más que matarlos. Estaba a punto de preguntarle a Billy sobre ello cuando noté que su atención se dirigía a otra parte.

Una mujer en una silla de ruedas motorizada se dirigía expertamente por la calle en nuestra dirección a través de peatones, señales en la acera y los caninos con correa que pululaban alrededor de los parquímetros a los que estaban atados. Billy se inclinó hacia adelante y buscó algo dentro de su bota hasta la rodilla. Sacó algo y se lo clavó a la mujer al pasar, pero no, no estaba clavando a la mujer, estaba clavando al fantasma que la seguía pisándole los talones, o debería decir ruedas. El demonio con gafas miró a Billy con sólo un segundo de sobra. El horror pasó por su cara cuando empezó a arremolinarse. Como si nada hubiera pasado, volvió a colocar el palo de diez pulgadas en su bota y tomó un largo sorbo de su cerveza.

Cuando miré por la acera, queriendo ver a la mujer, sin silla de ruedas, no estaba a la vista. Me pregunté si sus amigos y familiares la complementarán en su nuevo peinado cuando la vean.

Aún queriendo saber más sobre los Vigilantes y Vokkel, pero ahora con curiosidad sobre algo totalmente nuevo, le pregunté mientras señalaba hacia su brillante bota negra, "Entonces, ¿qué usas?" Lo había guardado demasiado rápido para que yo lo viera bien, pero no era un confiable lápiz del número dos.

Se agachó de nuevo, lo sacó y lo puso sobre la mesa. Era un palillo tallado a mano, probablemente de marfil por su aspecto. Justine y Billy habían comentado que la Abuela Billy pinchaba a los demonios con palillos. "¿Era eso de tu abuela?" Ella asintió con la cabeza en respuesta y lo puso de nuevo en su bota.

"Mencionaste antes, cuando mataste a esa señora... tu guardaespaldas..." Se estremeció ante mi terminología, pero ¿cómo lo llamaría si no, "homicidio accidental"? No sentí la necesidad de endulzar nada con ella, así que ignoré su reacción. "Dijiste que era como si un chispazo te atravesara. ¿Alguna vez has sentido eso antes?" No había mencionado mis experiencias anteriores que provocaron la necesidad de mi compañero amarillo favorito, y quería saber si ella había sentido eso antes también.

Recogió su cerveza y tomó otro trago, mirándome por encima de la botella cuando lo hizo. "Por supuesto, ¿por qué si no iba a llevar un palillo en mi bota?"

"¿Así que esperabas que sucediera cuando tocaste a la guardaespaldas? ¿Sabías que le haría daño?" La última pregunta salió en tono acusatorio y me arrepentí inmediatamente.

"¡No sabía que haría *eso*!"

Se bebió la cerveza y se levantó bruscamente. Tenía la sensación de que me había pasado, y tenía razón. Antes de que pudiera sacar el dinero de mi bolsillo para pagar la cuenta, ella había caminado rápidamente por la calle y estaba doblando la esquina. Cuando llegué a la esquina, ya se había ido. Volví a casa, sintiéndome culpable por cómo había formulado la pregunta, pero no culpable por haberla hecho. Necesitaba saber si Billy era peligrosa, y lo más importante, necesitaba saber si Justine estaba en peligro.

También había otra persistente "necesidad de saber", y era el asunto de la comunicación con los fantasmas. Ya que Billy admitió que lo había hecho al menos en una ocasión, ¿significaba eso que podía hacerlo todo el tiempo? ¿Significaba también que era una de las asesinas de fantasmas más poderosas que todo el mundo parecía perseguir?

DIECIOCHO

El camino a casa fue cuesta arriba y el día era
cálido, y yo estaba sudando bastante cuando llegué a mi edificio. Recogí mi correo y tomé el ascensor hasta mi apartamento.
Después de un vaso de agua y una camiseta limpia, fui a la
puerta de al lado para disculparme con Billy. No podía permi-
tirme el lujo de alienarla en ese momento, todavía tenía muchas
preguntas.

Anne era la única que estaba en casa y dijo que no había
visto a Billy desde las once y media, lo que habría sido más o
menos a la hora en que tocó mi puerta. Cuando pregunté por
Justine, me dijeron que ella también había salido, y que no
esperaba volver hasta más tarde esa noche. Le pedí que cualquiera de las dos o a ambas llamaran cuando pudieran.

Sin nada mejor que hacer, volví a mi apartamento y
encendí la televisión. No estaba de humor para salir a cazar
fantasmas, y estaba aún más cansado de lo que había estado
antes de que Billy interrumpiera tan bruscamente mi sueño
anterior. Lo siguiente que supe fue que había un golpeteo familiar en mi puerta, un ligero dolor en el cuello por quedarme

dormido en posición vertical en el sofá otra vez, y la luz del día casi había desaparecido de mi apartamento.

Me tropecé y me dirigí al salón delantero. Intentaba poner mi expresión más humilde y apologética, porque seguramente era Billy intentando destruir mi puerta con su puño. Sin revisar la mirilla, abrí la puerta a una vista inesperada. Edgar, en todo su esplendor, estaba en el pasillo, el pasillo al que sólo se podía acceder si se tenía una llave o se había permitido el acceso a través de un inquilino del edificio que te llamaba desde el nivel de la calle. No hace falta decir que me sorprendí y me pregunté, en voz alta, cómo había entrado. "¿Quién te dejó entrar en el edificio?"

El rostro impecable y eterno de Edgar no reconoció mi grosería. En su lugar dijo, con una voz exquisitamente monótona, "El Sr. Vokkel solicita su presencia. El coche está esperando abajo."

Tal vez fue la sorpresa de su inesperada visita, o tal vez fue porque estaba cansado y seguía luchando contra las telarañas de mi siesta, o tal vez estaba asustado y fue una reacción instintiva, pero lo que salió de mi boca después me sorprendió incluso a mí. "Vokkel puede besarme el culo", dije cuando empecé a cerrar la puerta.

El brazo de Edgar se disparó a la velocidad de la luz e impidió el cierre. Como dije antes, era un joven robusto, pero de repente me encontré poniendo ambos brazos y todos mis ochenta y seis kilos para cerrar la puerta contra fuerza de un único brazo. Cuando me di cuenta de que no iba a ganar, simplemente dije, "Ahora no, Edgar. Dame un número y te llamaré en un día o dos para arreglar algo."

Edgar retiró su brazo y ladeó la cabeza ligeramente, y luego dijo: "El Sr. Vokkel estará muy disgustado".

En lugar de intentar secuestrarme o entrar por la fuerza en mi casa, sacó una tarjeta de visita de su bolsillo y me la dio. Sólo contenía siete dígitos, sin guiones y sin palabras. ¿Qué fue lo que pasó con esta gente y sus enigmáticas tarjetas numéricas? Cuando empecé a cerrar la puerta, dije, "No vuelvan a entrar en este edificio ni tú ni Vokkel sin mi permiso!" No estaba realmente en posición de hacer amenazas considerando su descarado despliegue de fuerza física, pero me sentía un poco confiado ya que se había rendido tan fácilmente.

Aseguré el cerrojo y me apoyé en la puerta. Mi aliento se desvanecía en jadeos poco profundos, no sólo por el esfuerzo contra la increíble fuerza de Edgar, sino también porque honestamente me había asustado. Una vez que mi seguridad y compostura regresaron, fui directamente a mi teléfono para hacer dos llamadas. Mi primera llamada fue a Kevin Riley, nuestro administrador del edificio y trabajador de mantenimiento. Kevin vivía en el apartamento de un dormitorio en la planta baja, cortesía de los dueños del edificio. Su trabajo era asegurarse de que todo estuviera bien cuidado y que nuestro edificio estuviera seguro y bien mantenido. Como las cuotas de la asociación sólo cubrían el alquiler de Kevin, los servicios públicos y un pequeño salario, él complementaba sus ingresos con un talento para las computadoras. Ese pequeño trabajo adicional era la razón por la que teníamos un sistema de seguridad tan fantástico, que él podía monitorear 24/7 desde una terminal en su apartamento o un enlace en su teléfono inteligente. Kevin tenía instalado el sistema de intercomunicación, con cámaras que veían todas las áreas públicas y permitían a un inquilino ver quién llamaba a su apartamento desde la calle. También grababa y almacenaba las idas y venidas en nuestro edificio y garaje.

Respondió en el segundo timbre. "Kevin Riley". Después de que me reconoció y me saludó, le lancé mi preocupación.

"Kevin, acabo de recibir una visita en mi puerta, pero no lo dejé pasar allá abajo. ¿Puedes revisar tu computadora y decirme quién le ha dejado entrar?" Sabía que Kevin podía hacer esto, porque había celebrado una reunión de todos los propietarios explicando el alcance de su capacidad para controlar todo lo que hacíamos. Inicialmente, había encontrado que su acceso a nuestras vidas era un poco como *Big Brother*, pero me sentía diferente ahora que necesitaba saber cómo Edgar obtuvo acceso.

El chasquido audible de los dedos en el teclado se prolongó durante casi un minuto completo, y luego dijo: "¿Chico negro, calvo, vestido todo de negro?"

"Sí, ese es el tipo".

"Huh, eso es raro... nadie le ha abierto. Él sólo... bueno, ¡mierda! Usó el código de acceso que abre la puerta principal." Kevin había puesto un teclado con un código de acceso para los que no querían cargar una llave o la habían olvidado. "¿Quién demonios ha dado eso?" Kevin preguntó a nadie en particular, pero estaba claramente agitado por ello. Di un quejido. El edificio estaba en Pacific Heights, que era un vecindario bastante acaudalado y rara vez estaba sujeto a actividades criminales. Mis vecinos también eran muy conscientes de la seguridad, y pensé que era improbable que alguno de ellos hubiera dado ese código. Lo que significaba que Vokkel o Edgar o ambos estaban mucho más decididos de lo que yo esperaba.

"Bien, gracias Kevin. No es gran cosa; era inofensivo, pero tal vez deberías cambiar ese código".

"Carajo, claro que lo estoy cambiando... eh, perdón por el lenguaje, jefe." Llamaba a todo el mundo jefe, excepto a Justine... ella era sólo la Srta. W para él. "Es sólo que hago lo mejor para mantener a todos a salvo y esto pasa". Podía oír su frustración y quería tranquilizarlo.

"Realmente Kevin, no es gran cosa. Tal vez conoce a alguien en el edificio y lo dejó entrar. De todas formas, no parecía pensar que estaba en el apartamento correcto. Creo que si lo cambias, estará bien". No estaba seguro de si mi mentira improvisada salió con mucha sinceridad, pero realmente quería hacer mi próxima llamada. Con un suspiro exasperado, gruñó su acuerdo y colgamos.

Mi siguiente llamada fue al teléfono fijo de Justine. Ella tenía un celular, pero yo quería hablar con Billy y pensé que era mi mejor opción. Anne contestó y yo hice las mismas preguntas sobre ellas que había hecho en persona sólo horas antes, y recibí la misma respuesta.

"Anne, sé que a Justine no le gusta que la molesten cuando está en una de sus funciones, pero realmente necesito hablar con Billy. ¿Es posible que la llame a su celular, o tal vez podrías enviarle un mensaje de texto y decirle lo que necesito? Es importante".

Anne dudó un momento y luego dijo: "Por supuesto, Sr. Sinclair. Le pediré que se ponga en contacto con ella de inmediato". Le agradecí profusamente y luego me senté a esperar que Justine o Billy me llamaran.

Un minuto se convirtió en diez y empecé a caminar. Si Vokkel fue lo suficientemente audaz para conseguir nuestro código de acceso para entrar, esencialmente, ¿de qué más era capaz? Más importante aún, ¿qué es lo que realmente quería de mí? Obviamente sabía lo de "compartir la visión" ya que Edgar me había tocado el hombro y había visto a la dama victoriana, pero eso no parecía suficiente. ¿Esto era solo una continuación de mi anterior visita a él? Demasiadas preguntas y demasiado tiempo para pensar me enviaron directamente al gabinete de licores y al whisky. Me serví un trago, lo bebí, me atraganté un poco mientras me quemaba la garganta, luego respiré profundamente y dejé que el fino espíritu irlandés me relajara. Ahora que estaba en mejor disposición, llevé mi vaso a la cocina, lo llené con hielo y añadí más whisky... para beberlo a sorbos esta vez, no para tragarlo.

Mis pensamientos se dirigieron a las pinturas de la Abuela Billy. ¿El segundo cuadro fue una premonición? Después de todo, se titulaba *Lo que me caza*. Pensé que tal vez lo era y fui a mi computadora para confirmar algunas cosas. Recordé que el sitio web de la galería había listado las fechas de nacimiento y muerte de la Abuela Billy, pero no podía recordar si las pinturas también estaban fechadas. Por supuesto, ella había muerto en el mismo mes en que la pintura fue terminada. Phil había mencionado que Vokkel estaba implicado en el suicidio de una mujer, y estaba bastante seguro de que tenía que ser la Abuela Billy. Billy también dijo que no creía que la muerte de su abuela fuera un suicidio. Si la abuela no se suicidó, ¿quién la mató? ¿Fue Vokkel o Edgar? ¿La cazaron como la pintura representada? ¿O alguien o algo más la estaba cazando?

Desafortunadamente, esa sensación de una inminente explosión craneal estaba sobre mí una vez más, y estaba seguro de que esta vez fue causada por demasiada información, y al mismo tiempo, no suficiente información. Yo también estaba empezando a enojarme, ¿cómo se atreven Billy y Justine a salir del radar después de haberme puesto todo esto encima? Aún más molesto era el hecho de que no me habían dado lo suficiente para entender en qué me había convertido. Seguramente había más.

Toda esta ansiedad y energía mental reprimida me ponía más nervioso que un ratón en una habitación llena de gatos. Sólo había una solución... necesitaba matar algo.

DIECINUEVE

En San Francisco teníamos varios distritos o barrios. Uno de ellos, el Tenderloin, tenía desde hace mucho tiempo la reputación de ser una guarida de iniquidad; vagabundos, crimen, drogas, prostitución, y cualquier otra condición escuálida y desagradable que uno pudiera pensar. Simplemente no era un lugar agradable para estar, pero era un gran lugar para encontrar y matar fantasmas. Las condiciones estaban maduras para la cosecha, y por razones que sospechaba, pero no había confirmado, cuanto más vicioso era el ambiente, más demonios encontraba para matar. Los límites eran un poco borrosos, pero en general, había Nob Hill al norte, Union Square al este, el Centro Cívico al oeste, y finalmente Market Street intentando contenerlo desde el sur.

Decidí que el Tenderloin era el lugar perfecto para quemar mi inquietud mental. Primero llamé un taxi, y luego me cambié a unos jeans andrajosos, una gorra de béisbol desgastada y una vieja chaqueta que debería haber sido tirada hace una década. Sintiendo que estaba bien vestido para una noche en la axila de la ciudad, bajé las escaleras y esperé en la acera a mi taxi, que llegó bastante rápido, pero no sin antes tener esa extraña sensación de ser observado. Miré a mi alrededor, esperando ver a un paseador de perros nocturno o a alguien que volviera a casa tropezando después de una noche de juerga. Pero no vi a nadie y rápidamente decidí que todo estaba en mi imaginación. Cuando el taxi se acercó al final de la calle, vi a alguien parado en la esquina. Estaba vestido de negro y nos miraba directamente al pasar. Quizás, si mi mente no estuviera tan preocupada, le habría prestado más atención, lo que me habría ahorrado mucho dolor esa noche.

Quería estar en el centro de todo y le pedí al conductor que me dejara en Jones y O'Farrell. Era casi medianoche, y en la mayor parte de la ciudad las calles estaban desiertas. Los residentes estaban cómodamente arropados en la cama y roncaban suavemente. Pero no allí... el lado más sombrío estaba en pleno apogeo, y en el momento en que me bajé del taxi me propusieron más de una dama de la noche, y al menos dos personajes desagradables que querían ayudarme con un hábito de drogas que yo no tenía. Seguí adelante, manteniendo el borde de mi gorra bajo y caminando con toda la confianza masculina que pude proyectar.

Mi primer fantasma fue fácil de detectar y lo pinché al pasar. Estaba flotando sobre un hombre que estaba desplomado en la puerta de una tienda vacía. No podía decir qué le afligía al pobre hombre, y no me importaba. Cuando fui allí, lo hice sabiendo que no podría salvar a un ser humano digno, y como el lugar estaba lleno de casi todas las formas de sufrimiento humano, era difícil saber a quiénes perseguían los demonios. Así que, armado con mi número dos, maté a los fantasmas cuando me encontré con ellos, y esta noche había muchos para elegir.

Después de un tiempo y la desaparición de bastantes fantasmas, me dirigí al norte a la calle Geary. Me encontré con un fantasma bastante desagradable, cuyas atenciones estaban dirigidas a una joven, probablemente no mayor de catorce o quince años. Estaba apenas vestida al estilo común de una prostituta y temblaba visiblemente; sin embargo, dudaba que fuera por el frío aire nocturno. No había duda de que estaba drogada; sus ojos estaban vidriosos y distantes, sus labios temblaban en expresiones indistintas, y una fina línea de baba le recorría el mentón. El fantasma, en toda su gloria, estaba bien vestido con un abrigo, un chaleco de seda y una corbata a juego, con su sombrero hongo ligeramente inclinado hacia un lado.

Otro hombre estaba allí también. Él también parecía drogadicto y le decía algo a la chica. A medida que me acercaba, podía oír sus palabras. "Estúpida zorra, déjame hacer eso; te lo acabaras todo. Déjame un poco." Agarró la jeringa que la chica intentaba apuñalar en su brazo, y el fantasma levantó la mano, usando una fuerza invisible para alejar al adicto. Luego usó la misma fuerza para guiar la mano de la chica con la jeringa a la vena palpitante del brazo.

Estaba fascinado y disgustado al mismo tiempo, y casi olvidé lo que tenía que hacer. El fantasma me dio la espalda, permitiéndome el elemento de sorpresa al acercarme con mi fiel amigo amarillo guiando el camino. Estaba a pocos centímetros de convertirlo en una niebla gris cuando de repente se balanceó con su puño fantasmal en dirección a mí. Me agaché. Los fantasmas no eran sólidos y no debería haberme preocupado por el impacto real, pero fue instintivo, y en retrospectiva me alegré de haberlo hecho. Si él podía controlarla, ¿quién iba a decir que no podría haberme hecho daño a mí también? Aún en posición baja, me precipité hacia adelante, golpeando a mi adversario y arando hacia la chica al mismo tiempo. Dejó caer la jeringa y la aplasté bajo mi zapato, causando que tanto ella como su compañero chillaran fuertemente. Corrí como el demonio, y no me detuve hasta estar seguro de que no me seguían.

Bajé la velocidad a una cuadra de Union Square, y casi caí de rodillas tratando de recuperar el aliento y entender lo que acababa de suceder. Nunca antes un fantasma había intentado interactuar físicamente conmigo. Claro, algunos habían reconocido su muerte inminente en la punta de mi lápiz, pero ninguno había tratado de interferir. Por supuesto, tampoco había visto nunca a uno de los demonios intentando acelerar la muerte de su víctima. Billy había dicho que algunos de ellos eran más poderosos que otros... Sólo desearía que hubiera mencionado la parte en que ellos eran un peligro potencial para su servidor.

Era hora de volver a casa, de eso estaba seguro. Me dirigí hacia la plaza y sus muchos hoteles y paradas de taxi. Caminé rápidamente, pero no tan rápido como para llamar la atención. Después de todo, era tarde en la noche, y no quería parecer que estaba haciendo algo malo, lo cual por supuesto era así. Sin embargo, mis pensamientos estaban agitados, y de repente una presa en mi subconsciente se rompió y algo se aclaró en abundancia... ¡Me encantaba matar fantasmas! Y honestamente, ¿por qué no me iba a gustar matarlos? Estos eran unos tipos malos. Podía racionalizar fácilmente que los fantasmas que mataba eran realmente malos en vida, y como resultado ni el Cielo ni el Infierno los querían en la muerte. Así, se convirtieron en demonios malignos, y era mi obligación moral eliminarlos.

Sintiendo que acababa de tener una revelación fenomenal que puso todo este asunto de los fantasmas en perspectiva, mi paso se aligeró y me relajé un poco, lo cúal resultó ser una mala idea. Debería haber sido más consciente de mi entorno. Si lo hubiera sido, podría haber revisado el oscuro callejón a mi izquierda antes de cruzar su boca para completar la última media cuadra hasta mi destino. Pero no lo hice, lo que me dio un golpe en la cabeza que me hizo caer a la oscuridad.

VEINTE

M E D E S P E R T É C O N L O S S O N I D O S D E A L G U I E N H A B L A N D O, un hombre que pensé: ¿Pero quién era, y qué estaba haciendo en mi apartamento? Naturalmente, mi primer pensamiento fue que tenía un ladrón y que necesitaba hacer algo. Guardaba un bate de béisbol debajo de mi cama; no es que mi edificio hubiera sido infiltrado por tales degenerados, pero un robo a medianoche en mi primer apartamento en la ciudad había puesto el hábito en su lugar, y yo vivía con él desde entonces. Me senté rápidamente y dos cosas sucedieron simultáneamente; violentas ráfagas simultáneas de lo que parecía ser un relámpago de una metralladora atravesó mi cabeza, que luego causaron una inmediata ola de náuseas tan poderosa que mi único recurso fue colgar mi cabeza al lado de la cama y dejar salir todo. No podía estar seguro de que el intruso oyera mi explosión gastronómica, porque me desmayé en el momento en que lo último salió de mi sistema.

Unos minutos más tarde, o tal vez horas, por lo que sé, me desperté de nuevo. Esta vez no traté de sentarme o abrir los ojos; en cambio, me quedé quieto y escuché. Ahora había dos voces, más fuertes que antes y claramente agitadas. Creí reconocer una de ellas, pero el golpeteo en mi cabeza era tan intenso que no podía estar seguro.

Lentamente abrí los ojos. No había luz en mis alrededores inmediatos, pero podía ver el brillo de una lámpara a través de una pared de vidrio esmerilado, que no tenía en mi apartamento, haciéndome ver que no estaba en casa y que no tenía ni idea de dónde estaba. Sin mover la cabeza -porque estaba seguro de que eso habría causado otro ataque de dolor- miré alrededor de la habitación. Aunque la luz era tenue, pude ver que el mobiliario se parecía mucho a la decoración estándar de un hotel. También me di cuenta de que alguien estaba golpeando mi sien izquierda con un mazo. Con una mano precavida, sentí alrededor de mi cabeza y descubrí que no había ningún perpetrador que empuñara un mazo, sino una pelota de béisbol con algún tipo de vendaje encima que estaba firmemente alojada en mi cráneo. Y me dolió muchísimo tocar esa pelota de béisbol, enviando otro rayo a través de mi cabeza.

Tímidamente giré la cabeza. Si estaba en una habitación de hotel, debe haber un teléfono cerca. Necesitaba llamar a la policía, y quizás a una ambulancia. Concentrarme estaba resultando bastante difícil, pero podía ver la forma de una mesilla de noche que sostenía una lámpara y lo que creía que era un cable de teléfono, pero sin un teléfono... también sostenía un vaso y una botella de medicina de algún tipo. Dios y yo no hablábamos mucho, así que no estaba seguro de que la oración que empecé a decir le llegara, pero rezaba para que fuera un frasco de aspirinas, y para mi deleite, lo era. Tomándolo despacio, lo alcancé, sacudí un puñado de pastillas y me metí tres en la boca. Quería tragarlas en seco, pero la aspereza que quedaba del vómito no iba a permitirlo. Alcancé el vaso y derramé la mayor parte, pero tragué lo suficiente para hacer el truco. Me recosté y empecé a rezar de nuevo para que la aspirina hiciera efecto pronto.

Mi concepto del tiempo estaba completamente fuera de lugar, especialmente porque no podía estar seguro de si estaba entrando y saliendo de la conciencia. Pensé que tal vez sólo habían sido unos pocos minutos, porque las voces que escuché antes seguían hablando y la conversación parecía ser del mismo tono que antes. Ahora que esos gloriosos analgésicos de venta libre habían hecho su trabajo, al menos en su mayor parte, podía entender lo que se decía y, más importante aún, quién lo decía.

"¿Cuánto tiempo ha estado tirado?", exigió una voz helada. Me imaginé esos ojos verdes brillando de ira y brevemente sentí lástima por la otra persona, hasta que por supuesto recordé que uno o ambos eran probablemente responsables de mi condición actual.

"Un par de horas. Se despertó en algún momento y vomitó por todas partes, así que no está muerto, si eso es lo que te preocupa." Esto vino de una voz masculina que no reconocí.

"¿Por qué lo golpeaste en primer lugar? Probablemente le diste una conmoción cerebral, ¡y por eso vomitó, idiota!" ¿Era esa preocupación la que escuché en la voz de Billy? Realmente esperaba que lo fuera, porque si estaba preocupada entonces tal vez iba a sobrevivir a esta situación.

"Me dijeron que era peligroso. Que debía ser traído con precaución. Y sabes qué, después de lo que he visto esta noche, no me arriesgaré".

La forma esbelta de Billy apareció como una sombra al otro lado de la partición escarchada de vidrio. Mientras se balanceaba para mirar a su compañero, su cabello de ébano también se balanceaba. "¿Qué diablos quieres decir con que te dijeron que era peligroso? ¿Por quién?", dijo ella. Imaginé que fuego salía de su boca. No sabía quién era este tipo, pero pensé que era su vida la que estaba en peligro ahora.

Tartamudeó por un momento, y luego dijo: "Vokkel, ¿de acuerdo? ¡Fue Vokkel! Él... él puso una recompensa..."

"¡Idiota! ¡Ni siquiera puedo entenderte, Caleb! Sabías que estaba en la ciudad, ¿por qué no me llamaste primero?"

Si este tipo le tenía miedo, su voz ya no lo reflejaba; sonaba firme y en control. "Para ser honesto, Billy, ¡no iba a llamarte para nada! De hecho, si su maldito teléfono no hubiera empezado a sonar, y tu número no hubiera estado en el identificador de llamadas, lo habría entregado a Vokkel sin decirte nada." Ella empezó a decir algo, pero él la anuló. "Así que considéralo una cortesía profesional. Ahora dime por qué le estabas llamando. ¿Te ofreció Vokkel la recompensa también?"

¿Por qué estaba Vokkel tan ansioso de ponerme las manos encima? Más importante aún, ¿por qué Billy no negó estar involucrada en este lío? Necesitaba levantarme y salir de allí, y rápido, pero no creía que fuera posible. Intenté sentarme lentamente, esperando que se quedaran ahí y discutieran hasta que estuviera firme de pie.

Finalmente Billy habló, y su voz había tomado una calma espeluznante. "Es un amigo mío, del que te hablé, y no es peligroso. Demonios, ni siquiera está seguro de lo que es todavía. Y maldita sea, Caleb, me conoces mejor que eso... no me acerco a Vokkel, ¡y mucho menos tomo su dinero!" Había algo en la forma en que dijo "dinero", como si hubiera un pasado entre Billy y este hombre desconocido.

Gruñó. "Deshazte de la indignación, Billy. No todos tenemos un fondo fiduciario al que recurrir, y ahora mismo Vokkel es el único que ofrece el pago de los servicios."

"Sabes perfectamente bien a dónde te llevará eso, ¿o tengo que recordártelo?", preguntó cínicamente. No sabía lo que eso significaba, pero creía que verificaba mi teoría sobre un pasado entre ellos. "Dijiste que lo viste hacer algo, ¿qué fue?", gruñó.

"Tomó un taxi desde su casa hasta el Tenderloin... lo seguí.

Creo que mató cinco, tal vez seis fantasmas en una hora, y tal vez diez más después de eso. ¿Alguna vez has visto tantos fantasmas en tan poco tiempo?" No esperó una respuesta. "El último también fue desagradable. Sabía lo que era y trató de detenerlo. A ese tipo", vi un brazo en la sombra apuntando hacia la partición, "se movió rápido, muy rápido, y lo venció. ¿Alguna vez haz visto a alguien librarse de un fantasma tan poderoso?"

Me seguía doliendo mucho la cabeza, lo que hacía un poco difícil de entender las cosas, pero podría jurar que el imbécil de la habitación de al lado acababa de decir que había hecho algo increíble. ¿No era ver y matar fantasmas lo suficientemente asombroso para un solo hombre? Pensé que sí, pero también pensé que si lo que decía era cierto, tal vez Phil sabía algo sobre mí que yo no conocía.

Empecé a levantarme de nuevo. Primero me senté en la orilla de la cama, lo cual no estuvo tan mal. Pero cuando intenté pararme, mi cabeza empezó a nadar y mi estómago a revolverse, así que me volví a sentar. Después de unos minutos, volví a intentarlo, esta vez ganando distancia y dando unos pasos antes de darme cuenta de que no tenía adónde ir. Sólo tenía una opción... salir y enfrentar a mi atacante, y esperar que Billy estuviera allí para sacarme de aquí, porque no creía que pudiera hacerlo por mi cuenta.

Mientras me acercaba lentamente a la partición, escuché a Billy preguntar, "¿Qué quiere Vokkel con él, te dijo eso?"

"No, pero creo que lo sabes, ¿verdad, Billy?" El tono de Caleb era tan acusador que creí que ella *debía* saber lo que Vokkel quería de mí.

Llegué a la partición y me apoyé en ella. Estaba frente a una sala de estar con un sofá, una silla lateral, una mesa de centro y una pequeña cocina. Billy estaba de pie cerca de mí de espaldas, y

Caleb estaba de frente a mí, sus ojos me registraron un segundo antes de que yo hablara. "Esa es una buena pregunta; ¿por qué Vokkel me quiere tanto?" Moví mis ojos entre la espalda de Billy y Caleb. Era un tipo grande, más grande que yo por unos centímetros y mucho más ancho. Probablemente también me superaba en peso por 100 15 kilos, al menos eso explicaba la fuerza de su puñetazo.

Billy se giró y me miró, sus ojos se suavizaron un poco cuando vio mi cara. Se volvió hacia Caleb e hizo un gruñido tan amenazador que me asustó, y me alegré de que se dirigiera a él. Se estremeció un poco, pero me dio la esperanza de que ella estaba de mi lado. No pude permanecer de pie mucho más tiempo, así que me dirigí al sofá, y una vez sentado dije, "Entonces, ¿qué tal un poco de agua, y luego ustedes dos pueden decirme qué diablos está pasando?" Intenté parecer enfadado y enérgico, pero me dolía la garganta y mi voz salió ronca y poco impresionante.

Caleb se trasladó a la cocineta, tomó una botella de agua de la mini nevera y me la trajo. Billy entró en la zona del dormitorio y volvió con una toalla de mano que procedió a llenar de hielo, luego me dio la bolsa de hielo improvisada y se sentó en la silla lateral. "¿Cómo está tu cabeza?"

"¿Cómo se ve?"

"Bastante doloroso", respondió, y miró a Caleb, sus ojos se estrecharon en esas dagas verdes con las que yo estaba muy familiarizado. Basándose en su reacción, había estado en el lado receptor una vez o dos también.

"¿Por qué me persigue, Billy? ¿Y por qué envía matones para noquearme y secuestrarme? Por cierto, Edgar entró en el edificio esta noche e intentó que me fuera con él." La corta ráfaga de mi discurso me dejó sin aliento, y me apoyé en el sofá y cerré los ojos.

Cuando los abrí de nuevo, Billy me miraba, con una pizca

de preocupación en su expresión. "¿Estás bien? Te quedaste en blanco por un minuto".

"No, no lo estoy, pero responde a mis preguntas de todos modos."

"Aquí no". Sus ojos se dirigieron hacia Caleb. "Necesito llevarte a casa primero, y luego podemos hablar".

"Bien". Miré a Caleb y le dije: "¿Qué ofrece por mí, de todos modos?"

Billy preguntó: "¿Importa?"

"Diablos, sí, importa. Me gustaría saber lo que valgo para este tipo".

Caleb se encogió de hombros y dijo: "Diez mil". Miró a Billy y ella volvió a fruncir el ceño. "Oye, un tipo tiene que comer, y eso es un montón de comidas."

Billy se levantó, fue al teléfono de la cocineta y presionó un botón. Cuando alguien contestó le dio su nombre y dijo que bajaría a su coche. Supuse que debía ser el número del aparcacoches.

"¿Puedes caminar?" preguntó. Asentí ligeramente y ella empezó a recoger mi cartera, llaves, teléfono móvil y, por supuesto, mi amigo amarillo favorito de la mesa de centro. Ni siquiera había notado que faltaban esas cosas en mis bolsillos, y mucho menos que estaban colocadas justo frente a mí.

Me paré lentamente y caminé hacia el lado de Billy. Todavía tenía la toalla llena de hielo y reuní todas mis fuerzas y se la tiré a Caleb, golpeándolo directamente en la cara. No pensé que le había causado el daño que él me había causado a mí, pero de todas formas me sentí bien. Billy sonrió y salimos de la habitación. Una vez en el pasillo, me agarré de su hombro para apoyarme, y ella puso su brazo alrededor de mi cintura y me guió al ascensor, a través del vestíbulo, y a un Mustang GT en espera que estaba parado bajo el pórtico del hotel.

VEINTIUNO

Cuando salimos a la calle, vi las luces apagadas del estadio que se elevaban desde el parque AT&T y supe que estábamos en algún lugar del distrito de SoMa. Mirando el reloj del tablero del auto, me di cuenta de que eran casi las cinco de la mañana. Había estado inconsciente durante horas. Excepto por el ocasional camión de la basura, las calles estaban vacías y tranquilas. Me incliné hacia atrás y cerré los ojos, y lo siguiente que supe fue que estábamos entrando en el garaje de mi edificio. Billy aparcó y se acercó para ayudarme. Necesitaba su ayuda para salir del asiento bajo, pero una vez que estaba de pie, podía caminar hasta el ascensor por mi cuenta.

Abrió la puerta de mi casa, me agarró del codo y me llevó al sofá, luego dejó mis objetos personales en la mesa más cercana y desapareció por el pasillo. Cuando volvió traía un plato con un sándwich de jamón y queso, que colocó en mi regazo y me dijo: "Come". Fueron las primeras palabras que me dijo desde que dejamos el hotel. Podía oler el café preparándose y esperaba que también me hiciera un poco a mí.

Mientras comía, las últimas veinticuatro horas comenzaron

a volver a mí. Recordé todo hasta el momento de salir de mi apartamento, y entonces... Bueno, ese era el problema. No podía recordar exactamente lo que pasó después de eso. Para cuando terminé mi sándwich, Billy había regresado con dos tazas de café humeante. Puso una en la mesa delante de mí, la otra se la llevó y se sentó en el sillón. Mientras sorbía, me miró por encima del borde de su taza. Alcancé mi propia taza y me relajé en el sofá con ella, preguntándome por dónde debería empezar o si ella empezaría por mí. No lo hizo, así que lo hice.

"Suéltalo, Billy, todo. Y no quiero oír historias sobre tu abuela o lo mucho que odias a Vokkel. Quiero saber por qué me persigue, lo que ese tipo Caleb me vio hacer que era tan especial, y todo lo demás que no me has contado!" Toda la ira que había sentido la noche anterior salía a la superficie con una venganza, causando una oleada de adrenalina que iba directamente al bulto de mi frente. El hombre con el mazo había vuelto, y estaba trabajando duro.

Sopló en su café y tomó otro sorbo, luego puso la taza en la mesa y anguló su cabeza como si tuviera una pregunta. Su expresión era pensativa, sus ojos ligeramente abatidos. Después de un momento miró directamente hacía a mis ojos.

"Este talento, o visión, o como quieras llamarlo... viene en varios niveles o habilidades." Hizo una pausa y yo asentí para que continuara. Levantó la mano, y con cada punto, sacó un dedo de su puño. "Hay el poder ver los fantasmas, el ser consciente de lo que le hacen a la gente y eliminarlos, luego hay el poder comunicarse con ellos, y finalmente, el poder controlarlos. Nosotros", agitó su mano entre nosotros, "somos de la versión final. Y tú... bueno, supongo que eres la super versión..."

Mi mandíbula debió haber caído al suelo y mi expresión debió haber sido invaluable, porque sus cejas se levantaron y sofocó una risa. "Lo siento, deberías ver tu cara." Ella sonrió de nuevo. "Así que no sólo nosotros aparecemos con diferentes niveles cognitivos de lo paranormal..." Parecía no estar segura de que esa fuera la definición correcta, pero continuó de todos modos. "Los fantasmas también. Como dije antes, algunos son novatos, lo que significa que acaban de empezar a perseguir a la gente. Algunos lo han estado haciéndolo durante mucho tiempo y han tenido múltiples víctimas. Algunos son espíritus verdaderamente malignos... demonios, supongo. Esos son con los que podemos comunicarnos, y gente como tú y yo también podemos controlarlos".

La consideración de esta nueva información causó una erupción de nuevas preguntas. Me sorprendí cuando sólo una de ellas pasó a primer plano en mi mente. "¿Pueden hacernos daño?"

No dudó. "Sí, George, pueden hacernos daño... pueden matarnos si son lo suficientemente fuertes."

"La mataron, ¿verdad?" No tuve que aclarar a quién me refería; ella sabía que yo estaba hablando de su abuela. Asintió con la cabeza y le pregunté: "¿Cómo?"

El destello de emoción pasó y ella ladeó la cabeza, el sarcasmo floreció en sus ojos. "Pensé que no querías oír historias sobre mi abuela."

Quería apretar su cuello, estrangularla hasta que su cabeza girara como la de una muñeca de trapo. Ya había dejado atrás los juegos y los comentarios sarcásticos. Me dolía la cabeza, estaba cansado y agitado. Y estaba asustado. Las emociones pueden ser algo curioso cuando son tan intensas; puede manifestarse en la expresión de uno o en su lenguaje corporal, y en mi caso ambos le gritaban a Billy.

Levantó las manos en señal de rendición y dijo: "Vale, lo siento. Llevaba un diario. La tía Justine lo encontró cuando fue a limpiar su apartamento. Escribió que los 'demonios'...," Billy hizo comillas con sus dedos para enfatizar la palabra, "venían por ella porque había matado a muchos de ellos. Documentó cada muerte, cada avistamiento, y siguió la pista sobre qué clase de fantasmas eran usando un sistema de estrellas para identificar el nivel de su fuerza. Una estrella para los débiles, y así hasta cuatro estrellas para los poderosos; dos tercios de ellos tenían cuatro estrellas. Al igual que tú, ella podía ver los muy, muy malos, y podía matarlos. Eso no es fácil si tienen ese tipo de poder. Normalmente se alejan de nosotros. La otra cosa era la cantidad de fantasmas que veía. En promedio vemos unos pocos por día, y eso si los buscamos, pero ella podría encontrar varios en una hora, y podría atraparlos a todos. Tú también puedes hacer eso... Caleb te vio hacerlo. La última pintura que hizo fue "Lo que me persigue". Estaba en su apartamento, y escrito a lápiz en el reverso del lienzo había una nota que decía: "Me persiguen ahora". No tengo mucho tiempo antes de que me maten". El cuadro tenía la fecha de dos días antes de que ella muriera".

"¿Cómo puedes estar segura de que sus heridas no fueron autoinfligidas? ¿Había evidencia de algo más?"

Ella asintió. "Estaba paranoica, y su apartamento tenía seis cerrojos en la puerta, todos ellos cerrados con llave. Sus ventanas estaban cubiertas con persianas metálicas de seguridad que se cerraban y aseguraban desde el interior. El lugar era una fortaleza. El informe inicial del médico forense decía que fue apuñalada varias veces por alguien de increíble fuerza, y el ángulo era imposible para las heridas autoinfligidas".

Estaba sacudiendo la cabeza. "Espera un segundo; dijiste el otro día que alguien de la galería fue a su apartamento e irrumpió cuando ella no respondió."

"Cierto, y eso es lo que pasó. Era un tipo grande, según Justine, de casi dos metros de altura y más de cien kilos, algo como un fisicoculturista. Le llevó varios intentos. Golpeó la puerta con todo su cuerpo, eventualmente separándola del marco, los cerrojos y todo."

"Bien, también dijiste que el informe oficial lo llamó un suicidio..."

Estaba asintiendo con la cabeza otra vez. "El médico forense es un puesto designado en esta ciudad. La tía Justine tiene influencia en ese tipo de cosas y fue fundamental para que su amigo fuera nombrado para el puesto en ese entonces. Ella fue a él y le pidió que realizara personalmente la autopsia, y que alterara el informe oficial. Como ella era una buena amiga y él tenía aspiraciones políticas, lo último que quería hacer era alienarla a ella y a su dinero, así que hizo lo que se le pidió".

"No lo entiendo... ¿por qué importaba? Quiero decir, ¿a quién le importaría realmente si la mataran o se suicidara?" Se me ocurrió después de preguntar que tal vez a Justine le importaba por razones de imagen; tal vez el suicidio era más aceptable socialmente que el asesinato, especialmente cuando la fallecida ya era conocida como una perturbada mental. Pero conocía a Justine, y no la veía como el tipo de persona que preferiría dejar libre al asesino de su prima que manchar su imagen.

"Porque el diario también mencionaba a Vokkel... no por su nombre, sino por sus iniciales, F.V. Justine no sabía quién era hasta el funeral, pero sabía que era una amenaza para ella. La abuela había escrito que pensaba que Vokkel había leído su diario y sabía lo que era, lo poderosa que era. Dijo que él había intentado que ella hiciera cosas en Suiza para herir a la gente. Cuando volvió a San Francisco, pensó que estaba libre de él, pero luego él apareció de nuevo..." Había tanta angustia en sus ojos que toda mi ira anterior se desvaneció y quise ir a ella, tal vez abrazarla hasta que esa angustia desapareciera. El dolor parecía mucho más intenso que el odio que había mostrado hacia Vokkel antes.

Antes de que pudiera decidir qué hacer, me miró y dijo en voz baja: "La violó... así es como quedó embarazada". Vino a su apartamento una noche y simplemente... la violó. Cuando terminó, le dijo que si decía algo a alguien, la mataría. Hizo que Edgar la vigilara de cerca hasta que estuviera seguro de que la había embarazado, luego volvió y le dijo de nuevo que mantuviera la boca cerrada y que llevara el bebé a término, o mataría no sólo a ella, sino también a Justine".

No pude soportarlo más; me levanté y fui hacia ella, la levanté de su silla y la sostuve con fuerza. No se resistió, sólo apoyó su cabeza contra mi pecho y suspiró profundamente. Cuando se alejó tenía lágrimas rodando por sus mejillas, pero se quedó en silencio. La dejé ir y fui al bar y le serví dos whiskys; no discutió sobre la hora del día, que era un poco después de las seis para entonces. Tomó el vaso y se sentó en el sofá, con las piernas por debajo de ella; afortunadamente, primero se había quitado las botas. Bebió rápido, luego puso el vaso en la mesa de café y dijo en voz baja, "Gracias".

Me senté en el otro extremo del sofá y terminé mi bebida, lo que sólo alimentó mi agotamiento. Miré a Billy y descubrí que se había quedado dormida. Agarré una manta y la cubrí suavemente, luego fui a mi habitación y me caí en la cama.

VEINTIDÓS

ME DESPERTÉ MÁS TARDE ESA MAÑANA E inmediatamente me di cuenta de dos cosas: mi cabeza no parecía dolerme tanto como horas antes, y Billy ya no estaba en mi apartamento. La última de esas realizaciones vino como una especie de sexto sentido, sólo que sabía que estaba solo. Entré en la sala y encontré la manta plegada en el sofá y una nota encima de ella, pidiéndome que viniera en cuanto me despertara. Como los cientos de preguntas se multiplicaban rápidamente en miles, pensé que ir a casa de Justine era una gran idea. Hice café, me metí en la ducha y me vestí rápidamente. Después de tomar dos tazas de la tan necesitada cafeína y algo de pan tostado, me fui al apartamento de mi vecina.

Billy abrió la puerta y me molesté inmediatamente con ella. Parecía refrescada y bien descansada, mientras que yo me sentía como si me hubieran atropellado con una excavadora. Asentí con la cabeza y pasé junto a ella, y se rió de mi reacción. Justine estaba sentada cómodamente en la sala de estar. Se puso de pie cuando me vio entrar y una mirada de profunda preocupación cruzó su rostro.

"Oh querido, tu cabeza." Se acercó para tocar suavemente las afueras de la protuberancia. Había quitado el vendaje que Caleb había aplicado para encontrar un corte desagradable que probablemente dejaría una cicatriz aún más desagradable.

Le sonreí con tranquilidad y le dije: "Está bien, Justine, sólo un golpe y un pequeño corte". La hinchazón ha bajado bastante". Eso era una mentira, por supuesto; en todo caso, parecía haber aumentado de tamaño, pero no quería que se preocupara más de lo que ya lo estaba. Billy me echó una mirada de agradecimiento y se sentó en el sofá, y Justine la siguió. Tomé uno de los sillones y me incliné hacia atrás y suspiré.

"Pareces cansado, querido... ¿quieres un café?" Justine preguntó. Estaba a punto de responder afirmativamente cuando Anne llegó con una bandeja, con tazas, azúcar, crema y una cafetera humeante. La bandeja también contenía un plato de galletas, con un olor tan fresco y cálido que sabía que literalmente estban recién horneadas. Las galletas de Anne merecían un diez en mi opinión, de las mejores cosas de la vida, y la idea de engullir algunas de ellas mejoró mi humor dramáticamente.

Se sirvió café, se repartieron galletas, la mayoría para mí, y Anne se sentó en el sillón restante. Miré entre las tres mujeres, instantáneamente me di cuenta de que Anne era tan parte de todo esto como Justine y Billy. Me pregunté cómo encajaba ella.

"No llegamos a la razón de por qué Vokkel está tratando de ponerme las manos encima." Dirigí esta pregunta a Billy. "¿Así que quieres hablarme de eso?" Me sentía tranquilo, lo cual me pareció bien, porque estaba bastante seguro de que estaba a punto de aprender algunas cosas que destrozarían cualquier apariencia de control a la que pudiera aferrarme.

Anne fue la que habló. Me sorprendió porque en los años que la conocí, no creí haberla oído decir más que una o dos frases a la vez. "Yo estaba allí, en Suiza, con Billy." Miró a Justine para tranquilizarse. "También lo fue Edgar. Éramos compañeros de clase, pero Edgar y yo éramos... diferentes, y Vokkel quiere ser como nosotros." Tal vez el golpe en la cabeza había causado algún tipo de déficit de comprensión, porque podría jurar que la mujer delante de mí no tenía más de cuarenta y cinco años, si es que es tan vieja. Pero si entendí lo que acababa de decir, tanto ella como Edgar tendrían que tener una edad cercana a la de Justine, o al menos la edad que tendría la Abuela Billy si hubiera vivido, que era más de setenta años por lo menos.

Aturdido y sin idea de lo que quería decir, estúpidamente dije, "Déjame adivinar, ¿eres un vampiro o algo así?" Me reí. El sonido era un poco maníaco y podía sentir que mi calma anterior se desvanecía.

Normalmente una declaración tan estúpida habría provocado una respuesta frívola de Billy, pero ella se abstuvo de hacer comentarios. Tal vez todavía estábamos montando esa ola de compasión de esa mañana. Las tres mujeres se miraron entre sí y luego dirigieron su atención hacia mí.

Anne se inclinó un poco hacía atrás y dijo con un ligero suspiro: "Déjame intentar explicarte".

Sí, pensé que eso sería bueno.

"Piensa en ello como una convergencia de eventos", dijo Anne.

"¿Una convergencia?"

"Sí, ya sabes, tres corrientes..." Billy empezó sarcásticamente, antes de que yo la callára.

"¡Sé lo que es una convergencia, Billy!" le respondí.

La ternura que habíamos experimentado esa mañana ya se había ido, y también la mujer emocionalmente dañada que había tratado de consolar. La descarada y fuerte fiera que había conocido y detestado antes había vuelto, y de repente me sorprendió la idea que eso me alegraba. Quería a esa mujer a mi lado... quería su fuerza. Estábamos atrapados en un concurso momentáneo de miradas, ella con una sonrisa desagradable en su cara y yo con el ceño fruncido. Al darme cuenta de que prefería su personalidad actual a la vulnerable, mi ceño se convirtió en una ligera sonrisa y ella me la devolvió con una de las suyas, casi como si me hubiera leído la mente... *otra vez.*

Anne se aclaró la garganta en una tranquila molestia y dijo: "Como decía, es como una convergencia, pero en lugar de corrientes de agua, son corrientes de poder... más o menos". Ahora se inclinó un poco hacia adelante. "Como Billy te explicó antes, hay niveles de fantasmas y niveles de asesinos de fantasmas. Usemos tu experiencia con el drogadicto de anoche como ejemplo. Ahora bien, no sucedió anoche, pero creo que estaba a sólo segundos de suceder. Eres, como mínimo, del nivel más alto cuando se trata de poder de un asesino de fantasmas. El fantasma que conociste anoche era del más alto nivel de fantasma; ¿me estás comprendiento?" Ella no esperó por una respuesta.

"Si el momento hubiera sido perfecto, habrías matado al fantasma en el mismo momento en que él hubiera matado a la chica. Cuando esas dos cosas suceden simultáneamente, la víctima no muere, causando una tercera reacción, de ahí la convergencia. En cambio, la víctima absorbe el poder del fantasma, y creo que tal vez un poco de tu poder también, y los hace vivir mucho, mucho tiempo. Como yo y como Edgar..."

No pude formular una respuesta. Lo que decía tenía incluso menos sentido que lo que me estaba pasando en ese momento. Pero también tenía mucho sentido si sopesabas el hecho de que lo que me estaba pasando estaba sucediendo realmente.

"Tanto Edgar como Anne eran conscientes de que algo los había cambiado... sabían que habían estado enfermos y muriendo", dijo Justine mientras miraba a Anne. "Anne vivió en Ginebra cuando era niña, y en su adolescencia se había puesto bastante enferma. Los médicos de la época no sabían qué le pasaba, pero sabían que se estaba muriendo. Cuando el evento tuvo lugar, ella vio momentáneamente a su demonio, y eso la volvió loca. En realidad no sabemos qué le pasó a Edgar o de dónde es originalmente, sólo sabemos que, como Anne, fue traído a la institución porque se pensaba que estaba mentalmente perturbado, *y hablaba* de fantasmas y demonios, que era en lo que se especializaban. Su enfermedad mental fue provocada por lo que vieron en el momento de su transformación; simplemente no podían comprender lo que les había sucedido. Como la institución era también una escuela, todos asistían a clases juntos y se conocían entre sí. Mi prima Billy de alguna manera sintió su diferencia y pudo hacerse amiga de ellos, y después de muchas discusiones privadas y a altas horas de la noche, los tres pudieron determinar qué había sucedido para causar esta diferencia. Mi prima Billy también compartió su vista con ellos, y eso también les ayudó a entender".

Levanté mi mano. "Espera un segundo". Dirigí mi pregunta a Billy. "Creí que la gente que salvamos no sabía que estaba enferma. ¿Cómo podían saberlo Anne y Edgar?"

"Creemos que es porque se suponía que iban a morir a manos de su demonio, como esa chica de anoche. Su fantasma estaba tratando de matarla, no sólo acecharla constantemente. Quería provocar su muerte más rápido que el orden natural de las cosas, pero cuando un poderoso asesino de fantasmas interfiere en el momento justo, la pérdida de memoria o como quieras llamarlo no ocurre. En su lugar, eventualmente recuerdan todo". Billy inclinó su cabeza hacia Anne.

Me volví hacia Anne y le pregunté: "¿Y se lo contaste a Vokkel?"

Anne sacudió su cabeza vigorosamente, "No, no, no lo hice. Sabía que era una mala persona. Billy y yo éramos amigas y compartíamos todo, incluyendo nuestras experiencias con Vokkel en nuestras sesiones individuales con él. Nos asustaba muchísimo a las dos. Fue Edgar. Le rogamos que lo mantuviera en secreto, especialmente a Vokkel. Pero Edgar siempre estaba un poco perturbado, probablemente incluso antes de que le pasara a él. Tenía esta necesidad, de ser... amado, o querido, o..." Dejó escapar un suspiro exasperado. "No sé lo que era, pero al ir a Vokkel y contárselo todo, se hizo querer por el hombre. Vokkel lo tomó bajo su ala, y ahí es donde ha estado desde entonces."

Esto hacía que me volviera a doler la cabeza y me incliné hacia delante y arrastré las manos por el cabello, tocándome poco el bulto y causando un dolor de cabeza aún mayor que el que tenía encima. Suspiré en voz alta y dije: "Bien, retrocedamos un poco. Anne, si tienes la misma edad que la Abuela Billy, ¿cómo es que te ves tan... joven?"

Sonrió y se encogió de hombros. "Todo lo que puedo decir es que no envejezco tan rápido." Miró a las otras dos mujeres por una fracción de segundo, y luego me sonrió. "Y yo... digamos que soy mucho más fuerte de lo que una mujer de mi edad sería normalmente, físicamente hablando."

Cualquier hombre cuerdo y normal se habría reído de la respuesta de Anne. Incluso podría haber pensado que estas tres mujeres eran candidatas delirantes a habitaciones acolchadas con fuertes cerraduras. Pero yo ya no era normal, y definitivamente estaba empezando a dudar de mi cordura, así que en vez de dejarme llevar por la incredulidad, simplemente dije: "Eso explica ciertamente la increíble fuerza de Edgar..."

Me puse a pensar por un momento, y finalmente pregunté,

"¿Así que Vokkel me quiere porque cree que tengo este poder o lo que sea? ¿Por qué piensa eso?"

Billy respondió: "Porque lo tienes, George. Caleb es un idiota, pero sabe lo que te vio hacer. En cuanto a Vokkel, supongo que Edgar sintió algo esa noche que te descubrió, y Vokkel ha tenido gente siguiéndote desde entonces."

Justine habló. "Frederick es un monstruo que ha tratado de manipular a las personas como tú durante mucho tiempo. Lo ha hecho por dinero, poder e influencia. Pero eso no le concierne en este momento. Se está muriendo, y creo que cree que tú eres el único que puede salvarlo".

Miré a Justine durante un largo momento antes de responder: "¿Cómo? ¿Por qué?"

Billy dijo: "Porque tiene su propio demonio, y si puede conseguir que hagas lo tuyo en el momento justo..." Se calló. Supuse que ella creía que yo lo entendía, pero aún así estaba confundido.

"Pero pensé que el fantasma tenía que estar apunto de matar a su víctima. ¿Cómo espera que lo logre?"

Billy sonrió. "George, George, George..." No había ningún sarcasmo en su voz; era más bien el tono que usa un adulto para hablar con un niño que tiene problemas para comprender una lección. Estaba demasiado cansado para darle la satisfacción de una respuesta, así que la esperé.

Ella sonrió de nuevo. "Eres capaz, lo sepas o no, de hablar con ellos. Supongo que Vokkel quiere que convenzas a su fantasma para que lo mate, estarás allí y harás lo tuyo, y el fantasma desaparecerá y Vokkel vivirá."

El diablillo del martillo que me había acosado horas antes había regresado y había traído refuerzos. Frotándome las sienes, no le pregunté a nadie en particular si tenían aspirinas. Anne tuvo la amabilidad de ir a buscarlas. Después de tragarme las pastillas, miré por la habitación, mis ojos se posaron en el cuadro *Lo que me persigue* y me estremecí.

"Bien, ¿y ahora qué?" Pregunté cansadamente.

"Nos escondemos", dijo Billy con firmeza. "Tú y yo. Salimos de esta ciudad, nos vamos de aquí, y nos vamos a un lugar donde no te encontrará".

"¿Perdón?" Estaba atónito y no se me ocurrió nada más inteligente que decir.

Los ojos de Billy se estrecharon; no las dagas verdes heladas, sino algo cercano a ellas. Ella dijo, "Mira George, si Vokkel tiene razón y puedes hacer esto, y no tengo dudas de que puedes, ¿qué crees que hará después?" No esperaba una respuesta, y no le di ninguna. "No va a dejarte ir..."

"¡Bueno, mierda, Billy!" Suspiré, y miré a Justine y Anne disculpándome. "Perdón por el lenguaje". Me volví hacia Billy. "Si puedo hacer esto, ¿qué le hace pensar a Vokkel que no me volveré contra él y haré que lo maten de todos modos?"

"Por ejemplo, puedes apostar que Edgar estará allí para monitorear todo, y si te está tocando, verá todos los fantasmas de la habitación y sabrá exactamente cómo van las cosas. No olvidemos que Edgar no está por encima de lastimar a la gente; de hecho, creo que se excita con ello. Así que él será el ejecutor, y si no lo haces bien, probablemente te matará en el acto."

Volví a suspirar y dije: "¿Y la otra cosa?"

Justine se movió un poco y dijo: "Billy, Anne, ¿nos dejarían un momento? Me gustaría hablar con George a solas". Lo dijo tan dulcemente, pero con un ligero trasfondo de autoridad. Las dos se levantaron sin decir una palabra y salieron de la habitación. Justine dio una palmadita en el sofá que Billy acababa de dejar libre y dijo: "Ven, querido, siéntate a mi lado".

Hice lo que me dijeron y me trasladé al sofá junto a Justine. Ella tomó mi mano en la suya y me miró, también mirando torpemente al bulto en mi frente. Un destello momentáneo de preocupación cruzó su cara y luego desapareció al aparecer una chispa que iluminó sus ojos y sonrió. A veces, cuando Justine sonreía, se podía percibir una pista, o tal vez un reflejo, de la joven mujer que una vez fue. El travieso e inteligente brillo de sus ojos y el ligero giro de su boca mostraban una belleza que debió haber roto los corazones de cien hombres. Lo vi ahora, e incluso con todos los pensamientos caóticos que corrían por mi cabeza, me pregunté por qué ningún hombre había capturado su corazón. Sabía que amaba mucho a esta anciana y que haría lo que me pidiera.

"George, he amado y perdido a tanta gente en mi vida." Me apretó la mano. "Sé que también has sufrido una pérdida. No podría soportar perderte a ti, o a Billy; tú eres mi familia", sonrió afectuosamente, "Anne ha dedicado su vida a mí, y por ello le estaré eternamente agradecida. Pero Billy tiene razón; debes huir, debes esconderte. Frederick es muy poderoso, tiene mucho dinero y muchos amigos. Tal vez no sean tan poderosos como tú, pero son muy peligrosos y harán cualquier cosa por él, y por su dinero. Ahora sabe que eres lo que sospechaba, y no se detendrá hasta que te tenga."

"Justine, no puedo simplemente huir. Tengo una vida aquí, un hogar..." ¿Importaba algo de eso ahora? Estaba seguro de que no había forma de que pudiera volver a mi trabajo y a la vida que tenía hace unas semanas. Suspiré. "¿Por qué sospechaba que yo era...?" Me encogí de hombros resignadamente. "¿*Soy* lo que soy?"

"Conocía a tu madre. Deberías hablar con tu padre, querido. Creo que él puede explicártelo".

¿Lo conocía? Se me arrugó la frente ante la repentina sospecha y le dije: "Justine, ¿conoces a mi papá? ¿Sabías todo esto antes... antes de que empezara?" De repente me faltó el aliento... ¿podría haberme traicionado al no decírmelo?

"No, no, querido, no es así." Ella me apretó la mano tranquilamente. "Mi prima tenía más de un diario... el que encontré en su apartamento, y otro que había dejado en Suiza al cuidado de Anne. Billy le pidió a Anne que se lo guardara y si algo le sucedía, debía venir a contarme todo. Verás, querido, no supe del alcance de su poder hasta después de su muerte, hasta que llegó Anne, me dio el diario y luego rellenó el resto de lo que habían aprendido juntas. La institución permaneció abierta durante unos años más, y Anne estuvo encerrada hasta los veinte años, pero cuando se cerró, a todos los dejaron a su suerte. Anne no tuvo el dinero o los recursos para llegar a San Francisco hasta mucho despúes, y para entonces Billy estaba muerta.

"El diario de Suiza hablaba de una joven americana, más joven que Billy por varios años. La chica era extraordinariamente poderosa y Frederick lo sospechaba. Mi prima no entró en detalles, pero dijo que una noche hubo un alboroto y le pareció oír disparos y gritos, a pesar de que todos los residentes estaban encerrados en sus habitaciones para entonces. Pero al día siguiente, la chica se había ido. Nunca supo lo que pasó, pero se rumoreaba que varios miembros del personal habían muerto. Billy también había mencionado a la chica en el diario que encontré en su apartamento, pero no recordaba haber conocido nunca a tal persona, así que lo descarté. Cuando leí la referencia a la chica del diario de Suiza, me di cuenta de que era la misma persona. Mi prima cuenta que se reunió con esta chica... era una mujer para entonces, por supuesto." Justine sonrió. "Se encontraron por accidente aquí en San Francisco y se reconocieron. La chica se había convertido en enfermera y había estado trabajando en el Hospital St. Francis. Cuando Billy fue llevada al hospital por uno de sus episodios, se volvieron a encontrar. Billy le advirtió que Frederick estaba tan cerca y la mujer desapareció."

Justine tomó sus dos manos y cubrió las mías, y dijo: "Querido, no puede ser una coincidencia. Este poder que tienes es hereditario -lo sabemos muy bien- y esta mujer tendría la edad de tu madre... y tú mismo me dijiste que tu madre era enfermera. Una vez que Frederick te descubriera, habría buscado en tus antecedentes, y creo que ha llegado a la misma conclusión que yo."

Recuerdo haber estudiado la historia de California de niño en la escuela y haberla discutido con mi madre. Hablábamos mucho sobre San Francisco. Era una ciudad fascinante desde el punto de vista histórico, y recordé a mi madre diciendo que había vivido allí brevemente. Me había olvidado de esa conversación hasta ahora. Supuse que era uno de esos recuerdos que permanecían encerrados hasta que yo lo necesitara, y la necesidad de saber que Justine estaba diciendo la verdad lo liberó. Asentí con la cabeza. No creí que pudiera negar lo que decía, al menos hasta que hablara con mi papá.

"Sabes que soy muy rica, querido, y haré lo que sea necesario para permitir que tú y Billy busquen refugio en algún lugar donde Frederick no pueda encontrarte. Billy ha hecho muchas conexiones a lo largo de los años, y es bastante experimentada en este...," Justine agitó la mano, "negocio de matar fantasmas. Ella puede guiarlos, y juntos estarán bien, y descubrirán cómo recuperar sus vidas." Me sonrió y vi una determinación que me dijo que no tenía elección en el asunto. "Ahora, ve a casa y llama a tu padre, querido."

Me incliné y besé a Justine en la mejilla, luego me levanté y caminé hacia la puerta principal. Antes de poner mi mano en el pomo de la puerta, Billy habló en voz baja desde detrás de mí. "Oye. ¿Vas a llamar a tu papá?"

Me giré y la miré. "¿Sabías todas estas cosas todo el tiempo?" No estaba enfadado, sólo confundido, exhausto y asustado.

Parecía nerviosa por un segundo, y luego dijo: "Sí. Bueno, no... Escucha, ¿por qué no damos un paseo, comemos algo y dejamos que tu cabeza se despeje un poco antes de hacer esa llamada?"

Aún no estaba listo para enfrentar a Papá, y aunque creía firmemente que una persona podía vivir sólo de las galletas de Anne, probablemente era una buena idea salir de allí por un tiempo y darse el gusto de una comida adecuada. "Claro. Necesito coger una chaqueta. Te veré en el pasillo."

VEINTITRÉS

Condujimos en silencio mientras yo tenía la cabeza hacia atrás y los ojos cerrados. Era ya media tarde y era consciente del sol en mi cara, así que sabía que nos dirigíamos al oeste; fuera de eso, no tenía ni idea de a dónde íbamos, y sinceramente, no me importaba. Cuando el auto finalmente se detuvo, abrí los ojos y me encontré en el estacionamiento público frente a los Baños Sutro y el Restaurante Louis. No estaba seguro de estar listo para un lugar que normalmente estaba tan lleno de gente como en Louis, pero cuando miré alrededor del estacionamiento me di cuenta de que estaba prácticamente vacío, lo que probablemente significaba que el restaurante también lo estaba.

Louis existía desde finales de la década de 1930 y había sido propiedad y operado por la misma familia desde el día en que abrió sus puertas. Era uno de esos iconos de San Francisco, amado por locales y turistas por igual. Mientras Billy pedía una mesa en un rincón con vistas al océano, yo echaba un vistazo a algunos de los cuadros que adornaban las paredes; reflejaban la historia y la gente que había hecho del restaurante lo que era.

Los pocos clientes del lugar estaban sentados en la barra y parecían ser habituales; apenas nos voltearon a ver, pero el fantasma que permanecía en la esquina sí. Ella llevaba un vestido de finales de los 40; parecía ser el mismo que había llevado en una de las fotos que acababa de ver. Le sonreí e incliné mi cabeza en un suave reconocimiento. No estaba acechando a nadie que yo pudiera ver y no tenía intención de perseguirla, pero parecía un poco preocupada y desapareció a través de la pared más cercana. En cuanto nos sentamos, Billy pidió dos cervezas, un filete y huevos para los dos. No me preguntó si eso era lo que quería, pero yo estaba de acuerdo con su elección. No estaba seguro de poder concentrarme lo suficiente en el menú para tomar mi propia decisión de todos modos.

Miré por la ventana y vi las feroces aguas del Pacífico atacar lo que quedaba de los edificios de las ruinas de los baños de Sutro, que ahora no son más que muros y cimientos en descomposición. Llegaron las cervezas y alcancé la mía sin apartar la vista de la ventana. Finalmente dije, "Justine dijo que eras buena en este 'negocio de matar fantasmas', como ella lo dijo. ¿Qué quiso decir?"

El tono de Billy era tan casual que se podría pensar que hablaba de nada más siniestro o serio que el clima en un día soleado. "La gente como tú y yo, especialmente tú, es inusual. La mayoría de los asesinos de fantasmas pueden seguir el ritmo en sus propias regiones. Se las arreglan para tener una vida normal y eliminar los fantasmas cuando se les acercan, pero a veces se enfrentan a un demonio tan poderoso que necesitan pedir ayuda externa, y ahí es donde yo entro en juego. Cuando la llamada llega, voy, encuentro al monstruo y lo erradico. A veces incluso me pagan por la molestia". Se encogió de hombros. "Otras veces ni siquiera saben que estuve allí hasta que se acabó". No entendí bien, pero pensé que si seguía hablando podría hacerlo, así que moví mi mano en un movimiento continuo.

"He aquí un ejemplo: un asesino de fantasmas de Nueva Zelanda, que también es policía, cree que se ha topado con un demonio particularmente malvado. Su ronda habitual era en un barrio de mala muerte y eso le gustó, porque como sabes, esas áreas están llenas de malos fantasmas... Creo que es la calidad de vida degenerativa, pero como sea." Su mano se agitó despectivamente. "Así que un día, este policía/asesino de fantasmas se da cuenta de que el número de cadáveres está aumentando, y no sólo eso, están apareciendo casi cada semana. Sospecha que debe haber un fantasma bastante desagradable en medio de todo, pero no es lo suficientemente fuerte para verlo, y mucho menos para atraparlo, así que llama a otro asesino de fantasmas que está unos niveles más arriba para ayudar." Se señaló a sí misma. "El fantasma en cuestión es súper fuerte, probablemente uno de los más fuertes que he encontrado. De todos modos, lo cazo, lo mato, y *voila*, las cosas vuelven a la normalidad. Y como este policía resultó ser el hijo de un funcionario de la ciudad, que también era un asesino de fantasmas, encontraron algo de dinero para pagarme por mis servicios." Sonrió satisfactoriamente.

¿Se suponía que debía creer que Billy era una especie de superhéroe asesina de fantasmas que viajaba por el mundo? Bueno, ¿por qué no? Después de todo, las últimas seis semanas de mi vida me han puesto patas arriba. Las últimas cuarenta y ocho horas habían revelado un mundo que bajo cualquier circunstancia no debería existir, pero sabía que sí porque lo sentía, lo veía y lo vivía.

"¿Cómo?"

"¿Cómo qué, George?" La mirada traviesa de sus ojos me dijo que sabía exactamente lo que le preguntaba. Pero en lugar de hablarle bruscamente, me senté en silencio, esperando que cediera y respondiera a la pregunta. Finalmente lo hizo. "Los Vigilantes lo prepararon, todo el asunto de la red a través de la cual nos comunicamos. ¿Conoces esos videojuegos en línea, aquellos en los que cientos de personas pueden jugar al mismo tiempo? Usamos una plataforma como esa. Tienes un jugador y te conectas como si fueras a jugar, luego revisas tu buzón de mensajes. Si alguien necesita tu ayuda, o si sólo quiere ponerse en contacto, publica un mensaje que parece una charla de "juego" para cualquier otra persona, pero que le dice a la comunidad, o a un asesino de fantasmas en particular, lo que se necesita o se busca. Soy independiente y no necesito dinero de los Vigilantes, pero a otros les pagan ellos, o como en el caso de Nueva Zelanda, los locales". Levantó un hombro con indiferencia. "En verdad, muy simple".

Por supuesto que era simple. ¿Por qué sería difícil entrar en contacto con un asesino paranormal en estos tiempos? "Ya veo". Me bebí el resto de mi cerveza y la camarera apareció con la comida. Comimos, y cuando terminé, aparté mi plato, me limpié la boca, le hice señas a la camarera para que me diera otra cerveza, y me recosté en mi asiento.

Cuando llegó la cerveza me bebí la mitad de ella de una vez, me atraganté con lo que iba a ser un eructo muy fuerte, y luego hice mi siguiente pregunta. "¿Cómo es que... se vuelven así? Quiero decir, si todos los muertos del mundo, a lo largo del tiempo, se convirtieran en fantasmas que atormentaran a la gente, entonces todos estarían siempre enfermos o deformes o algo así. Por lo tanto, debe haber un proceso de selección, ¿verdad?" Como mencioné antes, la mayoría de los eventos de anoche me habían eludido, incluyendo mi revelación sobre el tipo de personas que nuestros malos fantasmas habían sido en la vida real. Ahora todo volvió a mí, pero decidí ver qué pensaba Billy antes de desechar mi teoría.

Terminó el último filete y se inclinó hacia atrás. "No lo sé,

George. Pero piénsalo... los fantasmas que vemos siempre llevan ropa anticuada, ¿verdad? Lo que significa que deben haber muerto hace más de veinte años por lo menos. Y no sé tú, pero ellos nunca me han hablado, no verbalmente. De vez en cuando, uno tiene una expresión en su cara, o hace algunos movimientos de mano, pero no es perceptible en sí mismo." Se encogió de hombros.

"Creo que la mayoría de ellos eran súper malas personas antes de morir, y este es su purgatorio o como quieras llamarlo. Nadie allá arriba", señalé hacia los cielos, y luego hacia el suelo, "o allá abajo, los quiere, así que esto es en lo que se convierten. También creo que algunos de ellos quieren que los matemos. No son realmente malos y no quieren lastimar a la gente; sólo están atascados aquí y no saben cómo seguir adelante".

Ladeó la cabeza, bebió un largo trago de su cerveza, y luego dijo: "Me gusta esa teoría".

Permanecimos en silencio por un tiempo, bebiendo nuestras cervezas y observando el océano. Me dio tiempo para pensar, y finalmente dije, "Dijiste que aprendiste a comunicarte con ellos, y así es como escapaste de Alemania".

"Así es". Se bebió la cerveza antes de continuar. "Lo que no te dije fue cómo me comuniqué con él."

"¿Crees que ahora podría ser un buen momento, Billy?" Mi tono era fresco y tranquilo.

"Cuando lo vi, le di un minuto para que se diera cuenta de lo que yo era. Eso es usualmente una mala idea, porque si les das ese poco de tiempo, se escapan y puede que no seas capaz de atraparlos. Le miré a los ojos, luego incliné mi cabeza en dirección a mi niñera y me pasé la mano por la garganta como seña. No me malinterpretes, no pensé que interpretaría eso como una licencia para matarla. Tal vez no lo hizo, tal vez fue un accidente... pero lo dudo. En retrospectiva, creo que era bastante malo. De todos modos, así es como supo que quería deshacerme de ella".

Era consciente de que todo esto era mucho para asimilar, y quizás para una persona normal, que ya no me consideraba como tal, podría haber sido difícil de digerir. Pero Justine sabía desde hace tiempo, o al menos sospechaba, que yo tenía este asunto de los fantasmas, y en lugar de intentar ayudarme, esperó hasta que Vokkel se involucró. Billy, por otro lado, supo casi inmediatamente lo que yo era, pero también eligió contenerse. Si estas mujeres hubieran soltado la sopa por adelantado, creo que los últimos dos días hubieran sido muy diferentes. Sin Vokkel, sin Edgar, y sin contusiones del tamaño de una pelota de béisbol en la cabeza. ¡Ahora estaba enojado, muy, muy enojado!

Respiré profundamente y dije en el tono más calmado que pude, "Recapitulemos. Puedo ver fantasmas y matarlos; puedo compartir la visión con otros; probablemente puedo, pero no sabemos con certeza, hacer esta cosa de convergencia que le pasó a Anne; y crees que incluso puedo "hablar" con los fantasmas; ¿o malinterpreté esa parte? Lo más importante, tanto tú como Justine decidieron que darme trozos de información era mejor que contarme todo de una vez. Si me lo hubieras dicho, yo, por supuesto, podría haber evitado toda la experiencia de Vokkel y el feo y doloroso bulto en mi hermosa cabeza." La amargura se había filtrado en la última parte de mi declaración, pero mi voz permanecía misteriosamente calmada y controlada. En lugar de esperar a que ella respondiera, me levanté, saqué de mi bolsillo dos billetes de 20 y uno de 10, los tiré sobre la mesa y me dirigí a la puerta. Billy tuvo que apurarse para alcanzarme. Pensé que la había puesto nerviosa, y me hizo sonreír un poco.

Crucé la calle hasta el estacionamiento donde habíamos dejado el coche, y luego caminé por él hasta una zona densamente arbolada con un sendero que llevaba hasta el parque Sutro Heights. Mientras caminaba podía oír a Billy hablando detrás de mí; sonaba molesta y la ignoré. Llegué a un gran espacio de hierba bañado por el sol de la tarde. Podía oír a Billy acercándose por detrás de mí, y para cuando llegó al lugar que había elegido, me había quitado la chaqueta, había hecho una almohada con ella y estaba tumbado en la hierba con los ojos cerrados.

"Eso fue grosero", dijo mientras caía en la hierba a mi lado.

"¿Lo fue? Honestamente Billy, me importa una mierda. Y, si vamos a huir juntos, creo que debes aprender a seguirme mejor el ritmo".

"Esa calma en tu voz está empezando a molestarme, George."

Abrí un ojo lo suficiente para ver que estaba sentada muy cerca, al estilo indio, sus rodillas casi tocando los lados de mi pecho. "No es la calma, Billy, es aturdimiento; hay una gran diferencia."

Mis manos estaban sobre mi estómago, mis dedos entrelazados; ella se acercó y sacó uno y lo sostuvo. Su voz era baja y humilde. "Soy una persona solitaria, ¿vale? No tengo amigos, lo que significa que no tengo amigos... nunca los tuve. Nunca he tenido que explicar nada a nadie, y la única persona a la que soy remotamente responsable es a la tía Justine. De repente te dejan en mi regazo, y lo único que sé de ti es que mi tía te quiere hasta la muerte y te comportas como un sabelotodo, lo que por cierto es un rasgo que disfruto bastante".

Abrí los ojos y usé mi otra mano para hacer sombra y así poder ver su cara. Se dio cuenta y sonrió un poco.

"Siento no haberte dicho todo por adelantado; en retrospectiva, desearía haberlo hecho". Ella todavía me sostenía la mano, y yo apreté un poco y me volví para enfrentarme al sol con los ojos cerrados.

"Bien", dije con fingida molestia. "Podemos ser amigos, pero esta mierda emocional tiene que parar".

Me apretó la mano tan fuerte que me dolió, y dijo: "Eres un imbécil". Se reposicionó de tal manera que estaba acostada a mi lado en la hierba, y nos quedamos así por un tiempo.

VEINTICUATRO

Billy tomó la Avenida Point Lobos hacia el este hasta llegar a la Avenida 43, luego se detuvo en el pequeño estacionamiento frente a una farmacia de Walgreens. Cuando empezó a salir del coche, dijo: "Vamos, tenemos que conseguirte una foto de pasaporte".

Me apresuré a buscarla y alcancé su brazo antes de que llegara a la puerta. "Billy, tengo un pasaporte actual."

"Bien, esperaba que lo hicieras, pero necesitarás al menos uno más, tal vez dos." Se soltó y continuó hacía la tienda, donde persiguió a un empleado y le explicó lo que necesitábamos. Los seguí a ambos a una esquina de la tienda donde estaba instalada una monótona pantalla gris claro. El dependiente agarró una cámara y me puso frente a la pantalla, y luego tomó un montón de fotos. Nos dijo que podíamos recoger las fotos en la caja en unos minutos. Esperaba que el bulto en mi cabeza no se notara demasiado en las fotos.

Cuando volvimos al coche, pregunté: "Supongo que estos otros pasaportes tendrán nombres diferentes".

"Bueno, por supuesto: no tendría mucho sentido tener dos o

tres pasaportes con el mismo nombre, ¿verdad?", respondió sarcásticamente.

"Bien. ¿Cómo planeas hacer eso?"

"Los Vigilantes nos ayudarán. Querrán algo a cambio, pero nos ocuparemos de eso más tarde. Lo más importante es alejarte de Vokkel hasta que sepamos qué hacer con él."

Admitió ser una solitaria, pero también admitió estar en contacto con la red de asesinos de fantasmas. Pensé que tal vez su conexión era un poco más fuerte de lo que me había hecho creer.

"¿Qué tan conectada estás con los Vigilantes?"

Ella me miró. "Mira, no somos los mejores amigos ni nada de eso. De hecho, no les gusto mucho, pero como dije, soy poderosa, así que me necesitan. Y, con toda honestidad, tienen recursos, y nunca sabes cuando vas a necesitar ayuda, así que tenemos una tolerancia mutua para cada uno, que hasta ahora ha funcionado muy bien."

"¿Por qué no les gustas?"

Inclinó la cabeza y me miró con el ceño fruncido, y no pude evitar reírme. Supuse que sus razones no estaban muy lejos de mis razones iniciales para que me desagradara. Decidí cambiar de tema.

"¿Cuál es la historia de las gafas?" Yo pregunté.

"¿Gafas?"

"Sí, de borde redondo, al estilo de Harry Potter o John Lennon."

Se rió. "OK, vale, me lo pregunté hace mucho tiempo y decidí investigar un poco. No pude encontrar nada sobre fantasmas y gafas, pero encontré algunas referencias de sueños que tienen sentido. Aparentemente, si sueñas con gafas, se supone que representan una visión más clara de un problema o situación. Creo que tal vez es algo así; nosotros, como en los asesinos de fantasmas, podemos ver un problema que nadie más puede."

Pensé que eso era una exageración en el mejor de los casos. "¿Le ha preguntado a alguno de sus socios en el campo acerca de esto?"

Basándose en su respuesta, aparentemente pensó que mi pregunta era absurda. ¿"Asociados en el campo"? ¿Estás bromeando?"

"¡Sabes lo que quiero decir, Billy!" Volvimos a fastidiarnos el uno al otro.

"Sí, pues. No somos así, al menos yo no lo soy. Supongo que algunos de nosotros socializamos, pero yo no, así que no, no he preguntado."

"¿Qué hay del tipo que me golpeó, tu amigo Caleb? Parecía que lo conocías bastante bien. Incluso me dio la impresión de que ustedes dos tenían algún pasado".

"Sí, bueno, yo no lo llamaría exactamente pasado. ¿Recuerdas que te dije que un tipo se me acercó cuando estaba en la universidad?" Ella me miró y yo asentí.

"Ese era Caleb. Sabía muchas cosas y llenó muchos espacios en blanco para mí, cosas que no aprendí de Anne o de los diarios. Convivímos un tiempo, hasta que me di cuenta de que trabajaba para Vokkel."

"¿Qué quieres decir?"

"Vokkel estaba tan seguro de que iba a ser como la Abuela Billy; después de todo, si no hubiera estado loca, probablemente habría sido una de las más poderosas asesinas de fantasmas de todos los tiempos. De todas formas, envió a Caleb para que se acercara a mí y tratara de averiguar dónde estaba yo en la balanza. Supongo que se imaginó que un chico guapo podría abrirse camino hasta el corazón de una joven universitaria, o algo estúpido como eso".

Escuché amargura en su voz, pero había más que eso.

Estaba seguro de que se había enamorado de Caleb, al menos lo suficiente como para estar bastante dolida por su traición.

"Le gustaba beber, mucho. Íbamos a bares juntos, y en ocasiones se le escapaban algunas cosas. Así que una noche, mientras estaba desmayado, revisé el historial de llamadas de su móvil y encontré dos números con los códigos de área de San Francisco. Llamé al primer número y Edgar respondió. No necesitaba más pruebas que eso. Cuando Caleb se despertó a la mañana siguiente, yo estaba allí y tuvimos una pequeña charla". Me miró; esa pequeña sonrisa malvada estaba allí, y también ese desagradable brillo en sus ojos.

"¿Qué hiciste?" Me moría por saberlo. Estaba bastante seguro de que su versión de una "charla" no implicaba mucha conversación.

"Después de unas pocas palabras y tal vez una nariz rota y un esguince de muñeca, lo envié a casa a Vokkel." Esa respuesta me hizo sonreír, mucho.

"¿Por qué Caleb sabía tu número de móvil?" Ya que Caleb trabajaba para Vokkel y era esencialmente un tipo malo en todo esto, esa pregunta debería haber surgido antes.

Billy se movió en su asiento, pero finalmente respondió. "Como dije, Caleb había trabajado para Vokkel en el pasado y tenía razones para creer que seguía trabajando para él. Después de llegar aquí, fui a la casa de Vokkel, no adentro, pero vigilé el lugar por un tiempo. Vi a Caleb entrar, y cuando se fue veinte minutos después, lo seguí. Quería saber qué estaba haciendo Vokkel. Caleb me dijo que Vokkel lo tenía en nómina para rastrear a los asesinos de fantasmas, para que Vokkel supiera quiénes eran." Ella me miró. "Dijo que no te conocía... debería haber sabido que estaba mintiendo. De todos modos, le di mi número y le dije que me llamara si Vokkel te mencionaba o si te veía."

VEINTICINCO

Una vez en casa y en el pasillo afuera de nuestros respectivos apartamentos, Billy preguntó: "¿Quieres que vaya contigo... a llamar a tu papá?"

"Gracias, pero no, necesito hacer esto solo. Te veré por la mañana", respondí, y sonreí débilmente.

Decidí que primero necesitaba un poco de valentía líquida, así que tomé una cerveza. Una vez que me tomé la mitad, le envié un mensaje de texto a mi papá para que iniciara sesión en Skype. Luego encendí mi equipo y esperé. Le llevó cinco minutos responder. Su rostro aún estaba bronceado por haber pasado el verano y principios del otoño al aire libre, y llevaba una camiseta debajo de su suéter favorito. El conjunto normalmente significaba que estaba en casa por la noche y probablemente viendo la televisión en su sillón.

"Hey chico, ha pasado un tiempo. ¿Qué has estado haciendo?" Su sonrisa se convirtió en un ceño fruncido cuando registró mi expresión, que era una mezcla de ira y agotamiento. "George, ¿qué pasa? ¿Y qué le pasó a tu cabeza?"

De repente me di cuenta de que quería que esta conversación terminara rápidamente. Mi padre era un tipo sencillo, así que decidí no andarme con rodeos y escupirlo todo de una sola vez. "Papá, he estado viendo fantasmas y los he estado matando. Un tipo malo llamado Vokkel trató de secuestrarme, y hasta puso una recompensa por mi cabeza. Cree que puedo hacerle vivir mucho tiempo porque tengo un poder especial o algo así." Suspiré y tomé un respiro. "Entonces, ¿qué tal si me hablas de mamá?"

Desde el momento en que dije fantasmas, el cutis de mi padre comenzó a palidecer. Ahora se veía pálido y viejo. Arrastró ambas manos por su rostro y miró a la cámara. "Dios mío, hijo, lo siento mucho. ¿Qué más sabes hasta ahora?"

Sacudiendo la cabeza, dije: "No, papá, dime lo que sabes y seguiremos desde ahí". Intenté desesperadamente no dejar que mi ira se manifestara. Obviamente sabía lo que estaba pasando hace unos meses cuando pregunté por la pequeña Camille y mi amigo de la universidad, y me di cuenta de que era la razón de su actitud sospechosa. También fue otra traición de alguien en quien confiaba y a quien amaba. ¿Qué diablos le pasaba a esta gente? ¿Por qué pensaron que yo era un niño que necesitaba ser protegido de la verdad?

"Sí, está bien", suspiró fuertemente. "Este asunto de cazar fantasmas, así lo llamó tu madre, de todas formas, ha estado sucediendo desde que Dios era un bebé. Por lo que sé, hay diferentes niveles de poder, y la familia de tu madre estaba en la cima de eso. Hace mucho, mucho tiempo, sólo se casaban con otros cazafantasmas, y cada nueva generación era más poderosa que la anterior. Eventualmente eso llamó la atención de otras personas, que descubrieron lo que podían hacer y quisieron aprovechar ese poder para sus propios usos. ¿Me estás siguiendo hasta ahora?" Asentí con la cabeza. Billy me había dicho algunas cosas sobre los distintos niveles, y si Vokkel sabía de donde venía, eso explicaría su interés en mí.

"Bueno, así que la familia se escondió y se mantuvo alejada de otros cazafantasmas, y especialmente dejó de tener bebés con ellos. Pensaron que podían dejar este poder fuera de la línea familiar y que todos podrían eventualmente vivir vidas normales. Pero no todas las generaciones tienen un cazafantasmas nacido de ella, y con la globalización y todo eso, se hizo imposible saber quién tenía los genes y quién no. La disposición de la familia de tu madre a esta maldición era tan fuerte, que todo lo que necesitaban era alguien con un gen latente para que todo comenzara de nuevo. Lo que significaba que de vez en cuando, nacería un niño muy poderoso. Tu madre era uno de esos niños... supongo que tú también. Hicieron lo mejor que pudieron para mantenerla en secreto, pero era difícil hacerlo con una niña de seis años que andaba por ahí picándo a cosas invisibles todo el tiempo, y gritando que había matado al malo y que el niño del parque ya no tenía un pie zambo, o que la anciana ya no tenía artritis paralizante. Se mudaban mucho, y con un poco de ayuda de esta red de gente que los conocía, no puedo recordar sus nombres..." Chasqueaba los dedos como si eso lo hiciera recapitular.

"Los Vigilantes... se llaman los Vigilantes", dije en voz baja.

Me miró con esos ojos tristes. "Sí, son ellos. Así que, esas personas ayudaron lo mejor que pudieron, pero un día tu mamá fue secuestrada y llevada a este tipo Vokkel en Suiza. Él hizo todo lo que pudo para que convocara, hablara y controlara los fantasmas, pero tu madre se negó y se enroscó en un bloqueo mental y cerró todo y a todos. Les llevó casi un año recuperarla, y le costó la vida a tu abuelo... y finalmente le costó la suya a tu abuela".

"¿Qué quieres decir?" Podía oír un temblor en mi voz. No

estaba seguro de querer saber lo que pasó, pero sabía que lo necesitaba.

"Tus abuelos fueron a la 'escuela', como Vokkel aparentemente la llamó, junto con algunas de estas personas Vigilantes. Tenían a alguien dentro que los ayudaba... así fue como descubrieron dónde estaba tu mamá en primer lugar. En todo caso, la encontraron, y cuando estaban escapando, uno de los lacayos de Vokkel le disparó a tu abuelo; se desangró antes de que pudieran conseguirle ayuda. Pero Vokkel también hizo que uno de sus más poderosos cazadores enviara un demonio desagradable tras ellos, uno que de alguna manera pudo mantenerse oculto de los cazadores. Ese bastardo persiguió a tu abuela y le dio una enfermedad que la mató en pocos meses". Volvió a suspirar, como si me dijera que todo esto era lo más difícil que había hecho.

"Ahora, no sé si tu mamá tenía otros parientes, pero los Vigilantes decidieron que ella necesitaba protección y la enviaron a una pareja mayor en Wisconsin. Estas personas no tenían ninguna afiliación con las cazadoras, al menos que tu madre supiera, así que supongo que todos pensaron que estaría a salvo allí mientras mantuviera su poder en secreto, lo que incluso a una edad temprana entendió. Creció, fue a la universidad y no tuvo ningún problema. Aunque mataba al fantasma ocasional en el camino, se las arregló para mantenerse fuera del radar.

"Después de la escuela de enfermería decidió hacer una pasantía en un hospital de San Francisco. Estaba trabajando en la sala de emergencias una noche cuando trajeron a esta mujer. La mujer estaba rasguñada como si hubiera estado en una pelea, y deliraba como una lunática. Tu madre intentaba calmarla cuando se dio cuenta de que reconocía a la mujer. Era una versión mayor de una joven que tu madre recordaba de la escuela de Vokkel." Papá hizo una pausa y dijo: "Necesito un trago, espera un segundo". Colocó el iPad en el suelo, y me invitó a ver en vivo su techo por un minuto.

Cuando regresó, tenía un whisky en la mano y estaba sacudiendo el hielo para enfriarlo. Una vez que se sentó de nuevo, dijo: "Me adelanté un poco; déjame retroceder un poco. El demonio que mató a tu abuela, ¿recuerdas que dije que podía esconderse de los cazadores?" No esperó una respuesta. "Bueno, no podía esconderse de tu madre, era demasiado poderosa. Pero tu madre era demasiado joven y estaba demasiado traumatizada en ese momento para entender lo que era y lo que hacía. Cuando esa mujer llegó a la sala de emergencias, ese mismo demonio estaba con ella e intentaba matarla. Tu mamá se dio cuenta de lo que era y el demonio se dio cuenta de lo que ella era, y se fue. Ahora, tu mamá presenció el disparo a su padre y vio a su madre morir lentamente, pero se las arregló para reprimir todo eso hasta esa noche en la sala de emergencias, y cuando todo regresó, casi se vuelve loca".

Papá se tomó un largo trago de su whisky y me di cuenta de que yo también quería uno. Le dije: "Espera, papá". Después de que conseguí mi propio vaso y me senté de nuevo, papá sonrió débilmente y me inclinó su vaso. Yo devolví ambos gestos.

"Muy bien, ¿dónde me quedé? Así que, en fin, esta mujer se calma y las dos tienen una charla. La mujer... maldición, no puedo recordar su nombre." Golpeó su dedo contra su vaso en la concentración.

"Billy... se llamaba Billy Wilkinson."

Los ojos de papá se entrecerraron sospechosamente. "¿La conoces?"

Sacudí la cabeza. "No ella específicamente... está muerta. Supongo que ese demonio finalmente la atrapó. Aunque conozco a su familia, y una de ellas es como yo".

La sorpresa de Papá se reflejó en su expresión, pero sólo asintió con la cabeza y dijo: "Tendrás que contármelo más tarde, déjame terminar esto primero. La mujer, Billy, dijo que el doctor de la institución estaba cerca, y ella creía que él había enviado a ese demonio tras ella. Tu madre entró en pánico. Incluso todos esos años después, ella todavía tenía pesadillas sobre Vokkel y lo que él le había hecho, y quería alejarse lo más posible. Los Vigilantes siempre habían mantenido vínculos tenues con ella, revisando de vez en cuando para asegurarse de que estaba bien, así que se puso en contacto con ellos y le dieron una nueva identidad y la ayudaron a reubicarse. Se mudó al sur de California y consiguió un trabajo en la sala de emergencias del hospital. Allí es donde nos conocimos. Yo me había roto la pierna y ella era la enfermera de guardia. En fin, finalmente me lo contó todo y me mostró esa cosa de compartir la visión... ¿puedes hacer eso también?" En lugar de esperar una respuesta, dijo: "Supongo que puedes si este doctor te persigue.

"Cuando empezaste a hablar de fantasmas y cosas así, nos preocupamos mucho. Si fueras como tu madre, serías muy poderoso y estarías en peligro. Así que, una vez más, tu madre llamó a sus compañeros Vigilantes para que la ayudaran. Quería que te hipnotizaran para que no recordaras lo que ya sabías, pero también puso un detonante en tu subconsciente para que si esta cosa asesinos de fantasmas se abría paso y te dabas cuenta de ello, tu mente lo borraría inmediatamente. Supongo que no se pegó".

"Lo hizo por un tiempo", dije en voz baja.

"Cuando me contaste hace un par de meses sobre esos recuerdos, me aterroricé. Pero no parecías pensar que eran reales, así que lo dejé pasar. Lo siento... debí haberte contado todo entonces".

No pude pensar en una respuesta. Había demasiadas conexiones entre mi familia y la de Billy, y me dejó preguntándome si me habían guiado hacia esto. ¿Había alguien o algo que me había guiado con una mano invisible a San Francisco, donde esta "maldición", como la llamaba Papá, finalmente se abriría paso a través de mi subconsciente? ¿Donde encontraría a Vokkel y conocería a Billy, la nieta del monstruo que había matado a mis abuelos? Era casi demasiado para procesar, hasta que mi papá volvió a hablar, entonces fue demasiado.

"Los Vigilantes acordaron ayudarnos... ayudarte... pero había un precio a pagar esta vez. Querían algo de tu madre; querían que matara a alguien." Se arrastró las manos por el rostro, y cuando volvió a levantar la vista parecía tan cansado y tan viejo, que me dolió mirarlo.

"Cuando tu mamá vio a esa mujer, Billy, en San Francisco y recordó todo lo que le había sucedido y quién era el responsable, pasó por un período muy oscuro. Estaba llena de odio y rabia y, más que nada, quería vengarse. Le tomó mucho tiempo superar eso, y los Vigilantes lo sabían. Le recordaron con gran detalle su encarcelamiento y la muerte de sus padres. La querían muy enojada. Y funcionó... se convirtió en alguien desconocida, alguien llena de rabia y venganza. Ella me asustó. Le rogué que se echara atrás, pero no lo hizo; dijo que si no lo hacía, tendríamos que escondernos el resto de nuestras vidas, y se negó a permitir esa vida para ti... para nosotros".

"¿Era Vokkel a quien se suponía que iba a matar?"

Sacudió la cabeza. "No, era otra persona, el hombre para el que Vokkel trabajaba; creo que el nombre del hombre era Markel, o algo así. Tu mamá se fue a Europa. Se fue por casi tres meses, y cuando regresó era una persona completamente diferente. Había perdido su brillo, su felicidad, todo lo que la hacía ser lo que era. Sólo me dijo dos cosas sobre esos meses; una fue que sí mató a su objetivo, la segunda fue en su lecho de muerte". Sus ojos se llenaron lentamente de lágrimas, y vi cómo uno se escapaba y se deslizaba por su mejilla. "No pudo acercarse físicamente a Markel para matarlo ella misma, así que empleó la ayuda de un demonio. Si le causaba una enfermedad rápida y dolorosa al hombre, ella se encargaba de otorgarle inmunidad a los otros cazadores. Lo hizo y Markel murió en un mes más o menos. Pero este demonio estaba conectado a Vokkel de alguna manera, y cuando Vokkel descubrió que tu madre estaba viva y había matado a su mentor, envió al demonio tras ella. La persiguió durante seis largos meses, un cáncer que se esparció rápidamente... dijo que tenía que hacerlo para salvarnos."

Papá lloraba ahora en serio; un silencioso torrente de lágrimas rodaba por sus mejillas, y yo deseaba estar allí con él para consolarlo. Ya no estaba enfadado. Ahora lo entiendo. Si mi madre podía sacrificar su vida por mí, seguro que no iba a dejar que ese sacrificio se desperdiciara. Iba a protegerme de la mejor manera que sabía, lo que para él significaba guardar silencio. Su sistema hidráulico era contagioso y podía sentir que mis ojos se llenaban también. Una lágrima bajó por mi cara y goteó de mi barbilla, cayendo sobre mi mano y asustándome momentáneamente. Supe en ese momento que haría pagar a Vokkel, pero no estaba seguro de cómo.

Papá aclaró su garganta y usó su manga para secarse los ojos y la cara, y luego dijo: "Dime lo que sabes, hijo".

Le hice un resumen completo de los últimos meses, desde el principio hasta la parte en que necesitaba escaparme de aquí. Nunca antes me había parecido viejo, pero ahora sí. Las líneas alrededor de sus ojos y boca se habían profundizado, y tenía un serio conjunto de arrugas en su frente.

"¿Crees que esta chica, la nieta, puede protegerte?" preguntó.

Nunca pensé en Billy como una protectora; un guía tal vez- entonces me reí. La imagen de Billy pateando el culo de Caleb me dijo todo lo que necesitaba saber. "Sí papá, es especial. Es la persona más odiosa que he conocido, está llena de rabia y vinagre, y es fuerte".

Inclinó la cabeza a un lado y dijo: "Parece que te gusta, chico". Sonreía como un niño.

"No así, papá. Ella es... no sé, es como una hermana pequeña mocosa. Ya sabes, una constante espina en mi costado".

Sonrió, pero de repente se volvió hosco. "Hijo, tienes que tener cuidado con el demonio que mató a tu madre. No sé si todavía está por aquí, pero si lo está y sabe lo fuerte que eres, vendrá por ti también".

Asentí con la cabeza y luego me di cuenta de otra cosa; ahora que Vokkel sabía quién era yo, no tendría problemas para encontrar a mi padre y posiblemente hacerle daño para llegar a mí. "Papá, ¿estarás a salvo? Quiero decir, ¿crees que vendrán a buscarme a través de ti?"

No contestó de inmediato y no importaba; iba a asegurarme de que estuviera a salvo. Phil James, mi nuevo amigo del tour fantasmal, había dicho que me pondría en contacto con los Vigilantes; Billy probablemente también podría hacerlo, pero pensé que Phil sería la mejor opción ya que se llevaba bien con ellos. Les pediría que protegieran a mi padre... me debían mucho. Pero había algo más que yo también iba a hacer. Iba a encontrar ese demonio y matarlo.

"Papá, voy a pedirle a los Vigilantes que te protejan". Asintió con la cabeza y empezó a despedirse; sin embargo, yo tenía una pregunta más, pero estaba nervioso por decirlo de la manera correcta. Mi padre ya se sentía lo suficientemente culpable por todo esto, así que tenía que andar con cuidado.

"Papá, ¿por qué no intentaste impedir que me mudara a San Francisco?"

Suspiró fuertemente. "Para ser honesto, no se me ocurrió ninguna razón que sonara plausible. Tenías una oportunidad de trabajo, acababas de graduarte en la universidad, e incluso tenías amigos en la ciudad. ¿Qué podría haber dicho que tuviera sentido? Además, hacía mucho tiempo que no te hipnotizaban, y nunca habías mostrado un solo signo de tu poder o hablado de los fantasmas. Sólo pensé que estaría bien. No puedo creer lo equivocado que estaba..." Estaba llorando otra vez y pasé los siguientes minutos asegurándole que no era su culpa. Finalmente nos despedimos con la promesa de que me pondría en contacto en unos días.

VEINTISÉIS

Como dije antes, tenía pocos amigos, y ninguno de ellos era el "mejor" amigo, unos pocos eran "buenos" amigos, pero nunca les había mostrado mi alma, mis sueños y mis emociones. Ese honor siempre había estado reservado para mi papá. Cuando mi mamá murió, los dos sólo nos teníamos el uno al otro; si queríamos sobrevivir, teníamos que hacerlo juntos, y eso es exactamente lo que habíamos hecho. Éramos los mejores amigos cuando yo estaba creciendo, incluso durante la secundaria, cuando los chicos tendían a rebelarse.

La única otra persona que sabía mucho sobre mi vida era Justine. No fue intencional, sólo funcionó de esa manera. Justine era el tipo de persona con la que todos se sentían cómodos, alguien a quien podían confiar sus secretos y saber que no irían más allá de ahí. Pero en algún momento me había traicionado, y aunque Billy intentó desviarlo, era obvio que Justine le había contado bastante sobre mí. Al principio, cuando me di cuenta de que Billy sabía tanto de mí, me enfadé con Justine. Sin embargo, no tardé en descubrir que Justine tenía sus razones para compartir la historia de mi vida con Billy, y de repente no me importó en absoluto. Justine era para Billy lo que mi padre era para mí... su confidente, su sistema de apoyo, su animadora, lo que sea. Justine era todo lo que Billy tenía, y hasta ese momento, todo lo que ella necesitaba. Supongo que en algún momento Justine hizo una conexión entre Billy y yo, algo que le dijo que nos necesitábamos mutuamente. No podía estar seguro de cuándo había sucedido, pero sospechaba que las últimas setenta y dos horas la habían llevado a darse cuenta. De cualquier manera, ella tenía razón. Si iba a sobrevivir, necesitaba que Billy fuera mi amiga... y lo más importante, de repente *quería que* ella fuera mi amiga.

Nuestro anterior momento de unión en Sutro Park se había convertido en un par de horas de conversación sobre mí, sobre ella, sobre nuestras vidas en general, y todo lo demás. Esas pocas horas acostados en la hierba al sol, compartiendo tranquilamente nuestros secretos, crearon una amistad. Justine estaría encantada. Todavía pensaba que Billy era una pequeña fiera malvada, pero ahora al menos la entendía. Como dije antes, me estaba acostumbrando a ella, y en algún lugar en el fondo, sabía que yo la necesitaba y ella me necesitaba a mí. Decidí que quería que Billy me acompañara cuando me reuniera con los Vigilantes, más para apoyarme que para cualquier otra cosa. También decidí que necesitaba decirle lo que planeaba hacer con respecto a Vokkel y este demonio. Si el demonio estaba todavía por aquí, entonces Vokkel podría ser mi única oportunidad de encontrarlo.

Revisé mi billetera hasta que encontré la tarjeta que Phil me había dado, luego marqué el número. Sonó varias veces antes de irse a un correo de voz genérico. Dejé mi nombre de pila y dije que me llamara. En diez minutos recibí un mensaje de texto diciéndome que me encontrara con él la noche siguiente en el mismo bar en el que habíamos hablado por primera vez.

VEINTISIETE

Necesitaba dormir desesperadamente, así que decidí llamar a Billy por la mañana para reunirnos con los Vigilantes mañana por la noche. Me caí en la cama, esperando ocho horas sólidas de sueño sin sueños, pero claramente eso era demasiado pedir.

Me desperté con un sobresalto, un grito a punto de explotar de mis labios. Había estado soñando que estaba en el Tenderloin otra vez y el fantasma con el sombrero de hongo, el que iba a matar a la prostituta/drogadicta adolescente, estaba parado frente a mí. Pero en vez de controlarla, me estaba controlando a mí, usando su poder paranormal para dirigir mi mano, la mano que sostenía a mi fiel amigo amarillo. Sólo que mi lápiz se había convertido de alguna manera en otra cosa, era una daga, una daga mortalmente afilada que me obligaba a usar para apuñalarme.

Luchaba contra su fuerza invisible con todo lo que tenía, pero él estaba ganando. Su expresión era tranquila y relajada, como si le costara muy poco esfuerzo. Pero de repente, todo eso cambió: sus ojos se abrieron de par en par y su boca se abrió en un grito silencioso. Una pequeña flor de lo que yo pensaba que era humo comenzó a aparecer en el centro de su pecho, distorsionándolo y haciéndolo desaparecer a medida que la flor crecía en la familiar niebla gris. Entonces se fue, puf, así de fácil. Desapareció en la nada, y yo miraba a Billy, sosteniendo su antiguo palillo y pareciendo satisfecha. No dijo nada, pero me hizo señas para que la siguiera.

En la típica forma onírica el paisaje cambió, y de repente nos vimos rodeados por un vasto paisaje de colinas y valles, oscuro y ominoso en la luz que se desvanecía al atardecer. Billy agitaba su mano y me gritaba, pero no había ningún sonido que saliera de su boca. Parecía aterrorizada y me di cuenta de que veía algo detrás de mí, y entonces empezó a correr. Tuve que voltear y mirar, sin embargo, y vi exactamente lo que esperaba ver... varias formas fantasmales, con caras maliciosas y macabras llenas de intenciones asesinas, corriendo rápidamente hacia nosotros. Me di la vuelta y corrí. Pude ver a Billy delante de mí, pero ahora había alguien más allí también, alguien que estaba casi encima ella, y de repente *estaba* sobre ella, agarrando su largo cabello mientras fluía detrás de ella.

La tiró con tal fuerza que todo su cuerpo se levantó del suelo, y luego se estrelló contra la tierra con un ruido sordo. Corrí más rápido, sabiendo que la mataría y era el único que podía salvarla... todavía tenía la daga. Pero no fui lo suficientemente rápido; en menos de un segundo el demonio había hundido su mano en el pecho de ella y sostenía su corazón latiente en la palma de su mano, levantándolo en triunfo. Me derrapé hasta detenerme y el monstruo se volvió hacia mí, ofreciendo el órgano como si fuera un trofeo. Era Edgar, o alguna versión de Edgar. Su cara estaba extrañamente arrugada, la piel resbalando y deslizándose, como si la magia que lo había mantenido joven se invirtiera y lo convirtiera en una versión grotesca de su antiguo yo. Miré la daga que tenía en la mano, sabiendo que tenía que matarlo, pero antes de que pudiera, las formas fantasmales que nos habían estado persiguiendo me habían alcanzado y empezaron a destrozarme. Fue entonces cuando me desperté.

Sabía que era sólo un sueño, pero me dejó ansioso y quería hablar con Billy más que nunca, para asegurarme de que estaba bien. Revisé el reloj de mi cama para descubrir que eran sólo las 6 a.m., probablemente demasiado temprano para llamar. Me tomé mi tiempo para ducharme y vestirme, y luego me preparé un buen desayuno de huevos, tocino, hash browns y pan tostado. Cuando terminé todo eso, eran casi las ocho, decidí esperar unos minutos más y luego llamé al celular de Billy.

Ella respondió adormecida. "¿Qué?"

Me reí entre dientes. "Apesta cuando alguien te despierta, ¿verdad?" Su respuesta fue poco cortés, pero no me dejé intimidar por sus improperios. "Me reuniré con los Vigilantes esta noche. Quiero que vengas conmigo."

Murmuró otra palabrota y luego dijo: "¿Cómo te pusiste en contacto con ellos?" Respondió a su propia pregunta: "Ah, sí. Tu amigo del tour fantasma. Bien, ¿a qué hora?"

Le di el cuándo y el dónde y luego le pregunté si podía venir más tarde esa mañana. Quería discutir mis planes para el demonio y Vokkel, planes que se habían transformado de la noche a la mañana en una profunda necesidad de retribución y de una total venganza. Admito que no me gustaba la sensación, pero no se trataba sólo de lo que Vokkel le había hecho a mi madre, ¿verdad? Ambos, Vokkel y el demonio habían estado involucrados en la muerte de mis abuelos, y si Billy tenía razón, también habían matado a la Abuela Billy.

VEINTIOCHO

Billy llegó una hora más tarde. No estaba de muy buen humor, pero no podía decir si era porque la desperté, o si sólo era así por las mañanas. Hice un poco de café y luego nos sentamos en la sala mientras le contaba mi conversación con mi papá.

Cuando terminé, respiró hondo y luego dijo: "¿Estás bien?"

Me levanté y caminé hacia la ventana de la bahía, mirando fijamente hacia afuera sin rumbo. Finalmente dije: "En realidad no. Quiero decir, Vokkel mató a nuestros abuelos, ¿verdad? No sólo eso, sino que o bien este demonio que los mató es el mismo que mató a mi madre, o hay más de ellos ahí fuera. Necesito encontrarlos y matarlos... Vokkel necesita pagar también."

No respondió de inmediato, y cuando no pude soportar más su silencio, me volví de la ventana y la miré. Su expresión era extraña, como si tratara de digerir lo que yo decía, entonces sus ojos tomaron ese aspecto verde helado y hubo un ligero indicio de ira en su voz. "¿Cómo planeas hacer eso?"

"Empezaremos con la información. Estoy dispuesto a apostar que los Vigilantes saben bastante más acerca de este poder que se supone que tengo, y pueden ayudarme a aprovecharlo y afinarlo. También estoy bastante seguro de que van a ser capaces de decirnos acerca de estos demonios; después de todo, ¿no es su principal propósito seguirles la pista? Creo que también deberíamos hablar con Anne. Ella conoció a mi madre, y puede que sea capaz de decirnos más sobre ella y su poder."

Su ira, si eso es lo que era, se había evaporado y ahora su expresión estaba atenuada. Me acerqué y me senté frente a ella, tomando su mano en la mía. Le dije: "Mira Billy, sé que lo que te pido probablemente será peligroso, y si no quieres ayudarme, lo entenderé. Pero no voy a mentir sobre ello, quiero tu ayuda. Confío en ti y creo que podemos hacer esto". Tenía que tener en cuenta que no importaba lo bastardo que fuera Vokkel, seguía siendo su abuelo.

Ella sopló otra de esas largas y duras respiraciones y dijo: "Sí, podemos hacer esto. Empecemos con Anne".

VEINTINUEVE

Justine había salido y yo me alegré. No quería que se diera cuenta de lo que estábamos planeando todavía; se preocuparía demasiado. Anne se sentó provisionalmente en una silla lateral. Estaba mirando entre Billy y yo, esperando que uno de los dos empezara. Finalmente lo hice.

Le conté los detalles de mi conversación con mi papá, y luego le pregunté: "Anne, ¿estabas allí con ella, verdad? ¿Qué puedes decirnos sobre su... su poder?"

Anne se recostó en su silla y suspiró. "Era una cosita tan tímida, muerta de miedo. No hablaba con nadie, y apenas comía o dormía." Miró a Billy, "Finalmente tu abuela se las arregló para sacarla del cascarón". Anne sonrió cariñosamente. "La cuidaba, le hablaba en un tono tranquilo y calmado, y trataba de mantenerla a salvo. Fue muy duro para Billy... ella sabía que tu madre era especial, al igual que ella." Anne me miró, con una expresión de tristeza. "Tu mamá era una niña muy inteligente, y sabía de inmediato que Vokkel no estaba allí para ayudarla; por eso se mantuvo callada tanto. En todo caso, después de unos meses tu mamá le dijo a Billy lo que podía hacer. Tu mamá no entendía realmente su poder, es decir, cuánto tenía. Pero Billy lo sabía, porque ella también lo tenía. Como te dijo tu padre, no todos los asesinos de fantasmas pueden ver a los demonios superpoderosos, pero tu mamá y Billy sí podían, y eso las aterrorizaba. Creo que es una de las cosas que enloqueció a Billy, ya que no podía soportar la maldad que veía. Tu madre, por otro lado, era demasiado joven para comprender realmente lo que eran esos demonios, así que, como muchos niños hacen, lo guardó bajo llave. Y como sabes, los recuerdos, en su mayor parte, permanecieron encerrados hasta que vio a Billy años después.

"La locura de tu abuela..." Ella miró a Billy, que se estremeció con la palabra. "Lo siento, pero eso es realmente lo que fue... se volvió *loca* por su poder. De todos modos, esa locura le había impedido inicialmente ser capaz de ocultar sus capacidades a Vokkel, así que él sabía lo que era. Esa es la razón principal por la que le permitió acercarse a tu mamá." Me miró y sonrió. "Vokkel sabía del linaje de tu mamá; fue la única razón por la que la secuestró. Pensó que si Billy podía acercarse a ella, ella también podría ayudar a Vokkel a acercarse y desarrollar su poder." Anne se volvió hacia Billy y le dijo: "Pero le salió el tiro por la culata, porque tu abuela podía ser débil en algunos aspectos, pero era fuerte en otros, y no había manera de que dejara que Vokkel le hiciera a esa preciosa niña lo que él le estaba haciendo..." Los ojos de Ana habían empezado a llorar, y los limpió con el dorso de la mano.

Cuando la compostura de Anne volvió, me miró y dijo: "Tu madre tenía una amiga imaginaria". Ella sonrió cálidamente. "Le hablaba todo el tiempo. A veces Edgar se burlaba de ella por eso y ella se enojaba mucho. Fue una de las pocas veces que ella arremetió contra él. Le gritaba a Edgar, diciendo que su amigo era real y que estaba allí para protegerla. Supongo que era un mecanismo de supervivencia".

"¿No podría haber sido real? Quiero decir, era una niña poderosa, ¿verdad? ¿No pudo haber sido un fantasma?" Yo pregunté.

Anne se encogió de hombros. "¿No lo habría visto Billy también? Además, los únicos fantasmas que han sido lo suficientemente poderosos para permanecer ocultos de otros asesinos de fantasmas son los demonios".

Pude ver el punto de vista de Anne, pero aún así quería saber más. "¿Alguna vez describió a su amigo? Quiero decir, ¿cómo era y cómo la protegía?"

Anne se rió. "Más o menos. Le dijo a Billy que un día uno de los niños más pequeños había intentado tomar su panecillo. Dijo que su amiga, no puedo recordar lo que era, pero tenía un nombre para ella..." Anne sacudió su cabeza en señal de molestia por su mala memoria. "De todos modos, dijo que este chico trató de quitarle su panecillo y su 'amiga' se mostró al chico, sólo que lo hizo con una 'cara muy terrorífica' y envió al chico a gritar buscando a la maestra más cercana. Y sí sucedió, pero cuando interrogaron al niño, dijo que fue tu mamá la que puso esa cara de miedo".

"¿Cómo dijo que era la amiga?" No estoy seguro de por qué esto era tan importante, pero lo era.

Anne me miró con curiosidad, lo supuse por mi persistencia, luego ladeó la cabeza y pensó mucho. "Bueno, definitivamente dijo que era una mujer, pero no recuerdo que dijera qué edad, aunque era sólo una niña, así que habría sido difícil para ella decirlo. Creo que podría haber dicho que tenía el cabello castaño, pero..." Anne suspiró. "Lo siento, George. No recuerdo que haya dicho nada más. ¿Por qué es tan importante?"

"No sé si lo es, para ser honesto. Yo sólo... bueno, supongo que sólo quería oír más sobre ella." Sonreí con tristeza. Había tanto que no sabía de mi mamá, y tanto que quería saber.

Billy había permanecido callada durante toda la conversación, y yo la miré para ver si estaba bien. Sonrió insinceramente y se volvió hacia Anne. "Anne, dijiste que Vokkel sabía sobre los ancestros de la mamá de George, ¿verdad? ¿Sabes cómo se enteró?"

Anne sacudió la cabeza: "Ni idea. Le preguntaría a los Vigilantes, creo que ellos saben".

"¿Qué pasa con mi familia? Dijiste que la abuela era tan poderosa como la madre de George. ¿Es la ascendencia de mi familia como la suya?" preguntó, inclinando su pulgar en mi dirección. Era una muy buena pregunta también, y yo quería saber la respuesta también.

"Sí", respondió simplemente, y luego se levantó y salió de la habitación.

Billy y yo nos miramos fijamente durante un minuto en confusión. Finalmente dije, "¿Deberíamos ir tras ella?"

Billy me hizo señas para esperára. "Dale un minuto, volverá". Se relajó en el sofá y cerró los ojos.

Anne volvió unos minutos después con una bandeja de café, y después de servirlo Anne se sentó en su silla y suspiró. Miró a Billy. "¿Sabes por qué te llamas sólo 'Billy' y no Wilhelmina?"

Billy sacudió su cabeza tentativamente.

Anne le sonrió. "Este poder se remonta a mucho tiempo atrás en tu familia también. Pero tu gente era muy supersticiosa. Creían que para naciera un asesino de fantasmas, tenían que nombrar a sus hijos con su nombre." Anne agitó la mano. "Bastante curioso en realidad, pero eso es lo que hicieron. Tu abuelo y tu tío abuelo eran muy conscientes de su linaje; de hecho, es muy posible que parte de su riqueza sea el resultado directo de la capacidad de la familia para comunicarse con los fantasmas y hacer que cumplan sus órdenes, como sabotear la competencia y cosas así."

Los ojos verdes de Billy se entrecerraron sospechosamente y ella preguntó: "¿Sabe esto la tía Justine?"

Anne sacudió su cabeza vigorosamente. "Lo sabe ahora, pero no mientras crecía. Tu bisabuelo era el que tenía el poder... aunque no tan poderoso como tu abuela. Al principio, Justin se decepcionó de que Justine fuera una chica normal, pero después de ver lo que le pasó a Billy, se alegró al final de que fuera normal. Le contó todo a Justine en su lecho de muerte y le pidió que prometiera romper la superstición de no permitir que otro niño fuera nombrado como su padre. Por eso el nombre de tu madre es Julie. Ahora Julie es una historia diferente. Ella sabía de la superstición porque sabía todo sobre su madre. Pero también sabía que si iba en contra de los deseos de Justine, no recibiría ni un centavo más. Así que aunque te tuvo sin el conocimiento de Justine, fue cautelosa, y sólo por ser una mocosa, creo, te llamó Billy en lugar de Wilhelmina".

Billy se quedó perfectamente quieta por un momento, luego su cara se enroscó en un ceño que se convirtió en una risa casi maníaca. "Eso es tan Julie, ¿no?" La pregunta no iba dirigida a nadie en particular, pero Anne se rió en voz baja y asintió con la cabeza.

"Em...Anne, planeo ir tras Vokkel y el demonio o demonios que mataron a mi madre y a nuestros abuelos", dije en voz baja.

Sólo asintió con la cabeza, casi como si supiera cuáles eran mis planes. "¿Te unirás a él en esto?", le preguntó a Billy. Billy asintió y Anne dijo: "Si necesitas mi ayuda, estoy aquí".

Me fui a casa y tomé una siesta. No estaba seguro de lo que la noche implicaría, pero los últimos días me estaban afectando mucho y quería descansar antes de nuestra reunión con Phil.

TREINTA

Llamé a la puerta de Justine exactamente a las 7 p.m. Anne respondió con una sonrisa cansada.

"Buenas noches, Sr. Sinclair", dijo mientras me saludaba en el vestíbulo.

"Oh, vamos, Anne, me llamaste George hace unas horas. Además, odio cuando usas mi apellido". Me quejé con mucha energía y ella sonrió maliciosamente. Genial, pensé, Billy se burla de mí y Anne se burla también. Al menos podía contar con Justine para un afecto sincero.

Justine estaba sentada en el sofá leyendo una revista y levantó la vista de sus medias gafas cuando entré en la habitación. "¡Ah, George, querido! Oh, te ves mucho mejor hoy", dijo mientras le besaba la mejilla y tomaba el asiento a su lado.

"Yo también me siento mejor. Creo que sólo necesitaba dormir un poco". Y sí me sentía mejor. El chichón de mi frente había disminuido a un bulto semi-invisible, y la siesta que había logrado tomar después de la charla con Anne me había hecho mucho bien.

"No puedo estar segura de lo que esa chica está haciendo... ha estado en su habitación casi toda la tarde. Anne, querida, ¿podrías ir a ver a Billy?" Anne asintió ligeramente e hizo lo que se le pidió. "Dime querido, ¿qué tienes planeado para esta noche? ¿Van a cazar?"

Antes, cuando hablamos con Anne, sentí alivio de que Justine no estuviera allí. Pero nunca le había mentido, y sólo esperaba que lo que dijera después no le causara demasiada preocupación.

Sonreí con recato. "En realidad, vamos a reunirnos con los Vigilantes..."

Me dio una palmadita en la pierna. "Ah, eso es bueno, querido. Sé que Billy no se lleva bien con ellos, pero creo que es importante que tengas su apoyo."

Me sorprendió su entusiasmo y decidí continuar. "Justine, tienes que saber algo. Yo... eh... Mi papá me dijo algunas cosas sobre Vokkel y este demonio... o tal vez hay más de un demonio, no estoy seguro todavía. De todos modos, mataron a mis abuelos y a mi madre...."

Me daba palmaditas en la pierna otra vez, diciendo en voz baja: "Lo sé, querido; Anne me lo contó todo".

Asentí con la cabeza y dije: "Voy tras ellos, Justine. Vokkel también."

Asintió con la cabeza y dijo: "Lo sé. También sé que sería inútil tratar de convencerte de que no lo hagas. Pero George, querido, por favor, ten cuidado. Es un hombre peligroso". Hice lo que pude para asegurarle que tendríamos cuidado, y pensé que la tenía medio convencida cuando Billy entró en la habitación. Se veía bien en jeans y suéter, su cabello peinado con brillo y colgando suelto alrededor de sus hombros. Le sonreí y ella me devolvió una media sonrisa.

"¿Estás lista para irte?" Yo pregunté.

Asintió con la cabeza y se acercó a Justine. Inclinándose, picoteó a Justine en la mejilla y dijo: "Probablemente llegaré tarde, así que no te preocupes, ¿vale?"

"Por supuesto, querida", le dijo a Billy, luego se inclinó hacia mí y yo también le picoteé la mejilla antes de irnos.

TREINTA Y UNO

El bar en el que nos reuníamos con Phil estaba a unas seis cuadras, así que fuimos caminando. Billy estaba tranquila y contemplativa, y yo pensaba en lo que Anne había dicho sobre su familia. Nunca se me había ocurrido hacer que los fantasmas hicieran cosas como sabotear a alguien por dinero. Lo que no pude entender fue, ¿qué ganaban los fantasmas?

"¿Crees que Anne tenía razón sobre que tu bisabuelo hacía que los fantasmas hicieran cosas por él? Quiero decir, ¿qué había de ganancia para los fantasmas?"

Exhaló fuerte. "Para empezar, creo que aceptó el no matarlos, pero creo que hay más al respecto. Recordé algo después de que te fuiste, parte de un estudio de historia que hicimos cuando estaba en el instituto. Se centraba en la industria marítima desde finales de 1800 hasta el presente. Tuve que buscarlo, para estar segura. A finales de los años 30 había varias compañías navieras en San Francisco y Oakland. Eran muy competitivas entre sí, y a veces eso se ponía feo. Sin embargo, todo eso cambió a principios de los años 40 debido a un brote masivo de la influenza. No estoy segura de si recuerdas esto de tus días de escuela, pero hubo varios brotes mortales desde 1918 en adelante, así que la gente todavía estaba muy nerviosa por la gripe en ese entonces. Aparentemente varios barcos de diferentes compañías navieras y provenientes de diferentes partes del mundo fueron infectados. Las autoridades pusieron los barcos en cuarentena fuera del Golden Gate. Extrañamente... bueno, no tanto, en retrospectiva... sólo había una compañía naviera, Gold Coast Lines, creo que se llamaba, que no tenía ninguna tripulación infectada. Esa compañía, actuando con la mayor *benevolencia*", su voz rezumaba sarcasmo, "acordó enviar barcos más pequeños para descargar la carga y llevar suministros a los tripulantes enfermos". ¿Adivina de quién era esa compañía?"

No necesitaba adivinar y ella lo sabía, así que continuó. "Aparentemente, hicieron una fortuna con esa pobre gente al llevar la carga al puerto y al mercado. En el proceso, *sin saberlo*", más de ese sarcasmo, "ayudaron a llevar a la bancarrota a las pequeñas compañías de transporte, las cuales Justin y William compraron rápidamente. Unos años más tarde cambiaron el nombre de la compañía a Wilkinson Shipping Lines." Ella suspiró. "Supongo que es por eso que nunca lo capté... la compañía tenía un nombre diferente antes."

"¿Así que crees que el trato era doble? ¿William dejó vivir a los demonios, pero también les dio montones y montones de víctimas a las que acechar?"

"Sip".

"Hmm, ¿crees que es ese el tipo de poder que Vokkel ha buscado después de todo este tiempo? ¿Esperando que la abuela Billy hiciera algo así?" Yo pregunté.

Se rió cínicamente. "Oh George, creo que ya lo ha hecho

hasta cierto punto. El tipo es súper rico, y por lo que pude averiguar no nació con dinero, y seguro que no lo hizo de su práctica médica. Pero es más que eso. Como dijo Justine el otro día, está enfermo, y quiere que cures..."

TREINTA Y DOS

Entramos en el bar y busqué a Phil, pero aún no estaba allí. Cuatro hombres estaban sentados en la barra, dos de los cuales me resultaban familiares de mi visita anterior, y una mujer estaba sentada en un rincón oscuro del otro lado. Me dirigí a la misma mesa que Phil y yo habíamos ocupado la primera vez. Era una esquina tranquila y agradable, y me gustaba ese aspecto. Billy se detuvo y le pidió al cantinero dos cervezas, y luego se unió a mí. Ambos tomamos el lado de la pared de la cabina; así podíamos ver la puerta y a cualquiera que entrara al bar. También me dio una vista de todo el lugar. La mujer sentada en la esquina oscura estaba mirando hacia nosotros, pero las sombras que jugaban en su cabina hacían difícil verla claramente.

El barman llegó con nuestras cervezas justo cuando Phil entró al lugar. Estaba engalanado con su pesado abrigo, botas de motociclista, jeans y otro chaleco con un colorido diseño de cachemira. También llevaba un sombrero, pero no el sombrero de copa. Esta vez era una boina de color rojo brillante tirada con fuerza sobre su salvaje cabello rizado. Nos sonrió y nos saludó, y luego se dirigió al bar. Unos segundos después la puerta principal se abrió de nuevo y entró un hombre alto y de aspecto exótico. Tenía la piel oscura de color oliva y el cabello negro azabache, y estaba impecablemente vestido.

Phil se acercó a nosotros llevando dos bebidas y el hombre de piel de oliva lo siguió. Phil puso los vasos sobre la mesa y se quitó el abrigo, colgándolo en el gancho adornado detrás de nuestra mesa. Mientras se deslizaba en el asiento del banco, dijo, "George, me alegro de verte, hombre", luego se asustó un poco y me señaló la cabeza.

Sonreí. "Me alegro de verte también, Phil. Esta es Billy, es... como yo. Te lo explicaré más tarde", dije, señalando mi chichón. "¿Quién es tu amigo?" Pregunté mientras miraba al hombre que estaba a un lado.

"Bien, lo siento. Este es Aris. Aris, estos son George y Billy. Toma asiento", dijo, dejándole un espacio.

Aris se sentó, pero se quedó lo más lejos posible del borde, mientras miraba a Billy. "Sr. Sinclair, es un placer conocerle." Asintió con la cabeza a Billy, pero su comportamiento no fue muy amistoso. "Srta. Wilkinson".

Pensé que Phil probablemente le había dicho mi apellido, pero no usé el apellido de Billy cuando la presenté, así que obviamente este tipo Aris ya la conocía. Basándome en el ceño fruncido de su cara, tenía razón.

Me reí. "Entonces, ustedes dos obviamente se han conocido antes." Ambos asintieron con la cabeza, pero ninguno dijo una palabra.

Phil nos miró a cada uno de nosotros, con una expresión confusa en su rostro, pero en lugar de preguntar sobre ello, se encogió de hombros. "Así que dime qué te pasó en la cabeza. Tío, parece doloroso."

Le sonreí a Phil y le dije: "¿Debo empezar por el principio o ya le has contado a Aris nuestra conversación anterior?"

"Claro que sí, así que empieza con todo lo que ha pasado desde nuestra reunión."

Decidí ir a decirle a Phil y a quienquiera que haya traído con él todo lo que sabía. Quería su ayuda, y estaba seguro de que cualquier omisión por mi parte no sería en mi beneficio.

Les hablé de ir a la casa de Vokkel, lo que me dio una mirada reprobatoria de Phil, y luego de conocer a Billy y aprender sobre nuestra conexión. También les hablé de mi secuestro, y en ese momento Billy interrumpió y dijo: "Es como su madre..."

Phil tenía esa mirada de confundido de nuevo, pero Aris dijo: "Lo sabemos".

Ignoré eso y continué, terminando con lo que Caleb dijo que me vio hacer y la información que mi padre me había dado, que Aris claramente ya sabía. Después de contarles todo, miré directamente a Aris y le dije, "Voy a ir tras Vokkel y estos demonios, y me gustaría que me ayudaras."

Los grandes ojos de Phil sobresalían casi hasta el punto de escapar; soltó un largo silbido y luego bajó su cerveza. Billy bebió la suya también, y no queriendo quedarme fuera, yo hice lo mismo con la mía. Aris se sentó quieto y erguido, luego tomó un cortés y refinado sorbo de su bebida. No había dicho lo suficiente para que yo tuviera una opinión de él, pero había algo en él que no me gustaba. Tal vez era el aire formal que parecía rodearlo, o tal vez era el hecho de que de vez en cuando miraba a Billy con algo parecido al desdén.

El brazo de Phil se levantó y señaló al barman, levantando tres dedos y diciendo "más cervezas por favor". Esperamos en silencio a que vinieran y miré hacia el final del bar; la mujer seguía sentada allí, inclinada hacia nosotros como si tratara de escuchar lo que decíamos. Se había movido de las sombras lo suficiente para que yo viera sus rasgos. Tenía el cabello largo y castaño y probablemente estaba a finales de sus veinte años. Sus rasgos eran suaves, limpios y lisos. Parecía algo familiar, y al mismo tiempo completamente extraña.

Las cervezas llegaron y me volví a nuestro grupo. "Aris, necesito saber todo lo que tú y los Vigilantes saben sobre Vokkel, Edgar, y los demonios que mataron a nuestros abuelos." Agitaba la mano entre Billy y yo. "Y el que mató a mi madre".

Aris asintió y dijo: "Empezaré con Edgar; él es lo que se conoce como un *longaevus*, un término en latín que significa larga vida". Aris miró a Billy. "Tu mujer, Anne, como sabes, es una de estas también, pero no es como Edgar. Creemos que cuando se produjo la convergencia de Edgar, su demonio fue capaz de poseerlo por un corto período de tiempo. Sin embargo, no pudo aguantar... creemos que es porque Edgar era demasiado fuerte y luchó contra él. Sin embargo, Vokkel ha pasado los últimos cincuenta años más o menos estudiando a Edgar y a otros como él, y creemos que ha descubierto cómo completar el proceso y permitir que un demonio reemplace el alma de la víctima y vuelva a habitar un cuerpo humano".

"¿Cómo?" Billy preguntó en un tono de confrontación. Moví mi pie y le di una ligera patada. Necesitábamos la ayuda de Aris y ella necesitaba calmar su actitud. Ella suspiró y dijo, "Lo siento". Sin embargo, no salió con mucha sinceridad.

Aris la miró, sus ojos se oscurecieron por la molestia. "De la misma manera que la convergencia ocurre en primer lugar... la única diferencia es la fuerza mental de la víctima. Por lo que entendemos, Vokkel cree que la víctima debe ser muy débil de mente, tal vez incluso mentalmente discapacitada. Esto hace que sea más fácil para el demonio tomar el control. Sin embargo, debe tener un poderoso asesino de fantasmas también, y hasta ahora, no ha encontrado uno con suficiente fuerza." Aris miró a Billy otra vez. "Pensó que serías de este calibre; era muy consciente de tu ascendencia. Sin embargo, te negaste a cooperar con él, e incluso mataste a uno de sus secuaces". La expresión de Aris se transformó en admiración, y una leve sonrisa se extendió por sus labios. Eché un vistazo a Billy para ver si ella también lo había pillado. Sus ojos brillaron un poco, y pensé que estaba complacida por el cumplido tácito.

Aris me miró. "Vokkel es, por supuesto, muy consciente de tu ascendencia también, y creemos que está convencido de que tú, como tu madre, tienes el poder que necesita para cumplir la promesa que hizo a estos demonios. De hecho, creemos que instruyó a los demonios para que mataran a tu madre y a la abuela de Billy por puro rencor porque no querían o no podían ayudarle."

"¿Por qué hiciste que mi madre matara a Markel? ¿Por qué no matar a Vokkel en su lugar?" Yo pregunté.

"Vokkel siempre se las había arreglado para mantenerse al margen... inicialmente, es decir. La escuela fue creada por Markel, y siempre creímos que Vokkel no era nada más que un pobre doctor en su empleo, no teníamos idea de que era al revés. Vokkel había usado a Markel como la cara de la operación para protegerse. Cuando se mudó a San Francisco continuó permaneciendo lo más anónimo posible. Sabíamos que lo más probable era que hubiera venido a la ciudad por tu abuela." Miró en dirección a Billy. "Le ofrecimos protección, pero ella se negó. No supimos lo que le había hecho hasta mucho despúes. Luego de que Julie nació, Vokkel mantuvo su distancia, principalmente porque Julie no era como su madre."

Parecía arrepentido, pero eso no tranquilizó a Billy en lo más mínimo. Sus ojos habían adquirido una cualidad peligrosa y tomé su mano e intenté calmarla. Ella apretó la mía dolorosamente.

"Cuando Julie dejó San Francisco la seguimos lo más discretamente posible, pero ella nos reconocía la mayor parte del tiempo. Era... *es*... una mujer muy inteligente... es muy hábil para eludir cuando lo considera necesario. Vokkel le dijo que si tenía un hijo con un poderoso asesino de fantasmas, la recompensaría generosamente. Finalmente encontró uno para ella y", extendió sus manos hacia Billy, "tú naciste".

Billy prácticamente me estaba rompiendo la mano y le di un codazo para que me soltara. Se soltó un poco, pero mantuvo un agarre firme. Miré a Phil; sus ojos estaban muy abiertos y llenos de interés y fascinación.

"Creemos que tu madre, habiendo gastado sus fondos y sintiéndose abrumada por una niña pequeña, volvió a casa con Justine. No puedo estar seguro de si se dio cuenta de lo que eras, ya que eras una niña pequeña en ese momento, pero puedo decir que sus intenciones no eran las mejores para ti. Intentamos todo lo que pudimos para mantener a Vokkel lejos de ti, y cuando eso no funcionó, pusimos a nuestra propia gente en su escuela en Alemania para vigilarte. El joven que te ayudó a escapar fue uno de ellos."

Billy habló en voz baja. "¿Sabes quién es mi padre?" Nunca se me ocurrió que ella no lo supiera. Sólo asumí que no le importaba y por eso nunca lo mencionó.

Aris asintió con la cabeza, los ojos abatidos y la expresión llena de culpa.

"¿Quién es él? ¿Está vivo?", preguntó ferozmente.

Aris levantó la mirada lentamente, enfocándose en Billy, y dijo: "Se llama Andrew; es poderoso, pero de nuevo, no tan poderoso como tú. No sé si es consciente de ti. No creemos que Julie le haya dicho nunca quién era o que estaba embarazada de su hijo. Es un poco nómada. Se mueve de un lugar a otro y no está asociado con nosotros ni con otros asesinos de fantasmas". Aris tuvo la decencia de mostrar compasión en su expresión, pero eso no fue suficiente para aliviar la ira creciente de Billy. Y no podía culparla por ello... los Vigilantes obviamente sabían bastante sobre su familia desde hace tiempo, y no se habían molestado en informarle.

"¿Y qué con los demonios? ¿Mató el mismo a nuestros abuelos y a mi madre, o había más de uno?" Pregunté, esperando que un cambio de tema ayudara a calmar la indignación de Billy.

"Hay al menos dos que conocemos, pero podría haber más. Por lo que sabemos de ellos, son bastante viejos. Como habrán notado, la mayoría de los fantasmas, incluso los poderosos, parecen haber muerto en los últimos siglos. Creemos que nuestra diligencia y dedicación como asesinos de fantasmas es lo que ha impedido que cualquier población razonable de fantasmas más viejos tenga una presencia real. Pero algunos se nos han escapado, y esos son los que Vokkel ha estado cortejando y usando durante años."

"Bien, entonces cuanto más tiempo sobrevivan en este mundo, más poderosos se vuelven. ¿Es eso lo que ustedes piensan?" Aris asintió con la cabeza. "¿Hay algo que debería saber sobre cómo matarlos? Quiero decir, tengo la ventaja de poder verlos, pero ¿pueden ser asesinados de la misma manera que mato a los otros?" Esperaba que mi fiel amigo amarillo fuera un instrumento lo suficientemente fuerte; me había encariñado bastante con él.

"Sí, creemos que sí", respondió solemnemente Aris.

"Eso no fue muy convincente; ¿hay algo que no me estás diciendo?"

Aris suspiró. "Con toda honestidad, Sr. Sinclair, no lo sabemos. Su madre mató a uno de estos demonios, pero no pudo escapar del poder de otro..."

"¿Qué quieres decir con que mató a uno? ¿Cuándo?" Mi voz se había levantado y dos de los clientes del bar se volvieron para mirarnos. Los ignoré.

"Cuando ella mató a Markel, él tenía uno con él y ella lo mató también." El tono de Aris era de disculpa. Mi papá no lo había mencionado, pero quizás mi madre no se lo había dicho.

Mi voz era temblorosa cuando hice mi siguiente pregunta. "¿Qué me hace tan poderoso? Sé que supuestamente soy más rápido, y puedo ver estos demonios malvados, pero ¿hay más?"

Asintió ligeramente. "Sí, el poder de convertir un demonio en un humano, es el poder adicional que creemos que posees".

En resumen, era lo que Vokkel quería de mí... bueno, aparte de librarlo de su propio demonio. Podía sentir mi ira creciendo: contra Vokkel, contra los demonios, contra los Vigilantes por no haber intervenido antes. Dije, "¿Cómo es que Vokkel tiene un demonio de todas maneras? Quiero decir, si está confabulado con estos bastardos, ¿por qué está siendo embrujado?" Antes de que Aris pudiera responder, le hice otra pregunta. "¿Y por qué crees que tengo este poder en primer lugar?"

Phil levantó las manos como si se rindiera y dijo: "George, hombre, cálmate, ¿vale?" No me había dado cuenta de cuán vicioso se había vuelto mi tono. Sentí que Billy me apretaba la mano de forma tranquilizadora.

"Sí, bien, lo siento. Pero responda a mis preguntas, por favor", dije con resignación.

"Por supuesto", respondió Aris humildemente. "Para ser honesto, no tengo ni idea de cómo o por qué está siendo perseguido. Tal vez debido al hecho de que no ha sido capaz de cumplir su promesa a los demonios, ellos a su vez le están haciendo sufrir." Se encogió de hombros. "En lo que respecta a su poder, es realmente muy simple. El hombre involucrado en el evento que convirtió a Edgar en un longaevus fue tu tío abuelo. Tenía esa misma habilidad, sólo que no sabía cómo canalizarla. Tu madre también podía hacerlo".

"¿Van a interferir con *mi* forma de tratar con Vokkel?" Quería matarlo, era realmente así de simple. Si Billy no se oponía, eso era exactamente lo que pretendía hacer. Pero era su abuelo y asesinar era asesinar.

Aris inclinó la cabeza y dijo: "Preferimos que no lo maten; creemos que puede tener información que nos ayude en el futuro, información que nos ayude a luchar contra los fantasmas con mayor eficacia". También puede proporcionarnos la ubicación de los asesinos de fantasmas que negocian con los demonios".

Me reí. "Así que quieres que mate a su demonio y le ponga unas esposas, ¿es eso?"

Aris asintió con la cabeza como si fuera así de simple.

"Y Edgar, ¿también lo quieren?"

"Edgar es un hombre muy trastornado. No hay forma de ayudarlo, y siempre será malvado. No debería sobrevivir", dijo Aris con naturalidad.

"¿Por qué no se han ocupado ya de ellos?" Yo pregunté.

"Vokkel rara vez sale de esa casa, y Edgar es increíblemente fuerte físicamente. Y como sabes, si te toca, puede ver lo que tú ves. Hay algo más sobre Edgar... tiene esta extraña habilidad de saber cuando está en peligro. No estamos seguros de si es un talento paranormal adicional o si simplemente es muy consciente de su entorno. Sea lo que sea, se las ha arreglado para escapar de cada intento que hemos hecho para eliminarlo". Eso podría explicar cómo hizo lo que me hizo cuando estaba en la casa de Vokkel. Me sentí como si estuviera bajo un hechizo de algún tipo... tal vez eso era parte de los talentos adicionales de Edgar.

Respiré hondo. "¿Por qué crees que puedo hacer lo que otros no han podido hacer?"

"Sr. Sinclair, usted tiene más en juego que los demás. Si no mata a Edgar y captura a Vokkel, él continuará persiguiéndole hasta que lo aprese. También creo que usted es el asesino de fantasmas más fuerte que ha nacido en siglos. La Srta. Wilkinson es la segunda más fuerte... si no puede hacerlo, probablemente no se pueda hacer". Con esta última declaración, Aris bebió y se levantó de la mesa. "Estaré en contacto muy pronto. Tengan cuidado."

Cuando se dio la vuelta y se alejó, miré alrededor de la habitación y vi a la mujer en el rincón que miraba a Aris irse; su expresión era extraña.

Phil se inclinó hacia atrás y sacudió la cabeza. "Tío, no tenía ni idea... esto es una mierda complicada". Me miró. "¿Tienes una pistola? Creo que vas a necesitar un arma para lidiar con Edgar." Le incliné la cabeza hacia él. No estaba seguro de si hablaba en serio o no, así que sonreí vacilantemente y él me devolvió la sonrisa, con las manos extendidas. "Oye, no soy como ustedes, pero soy un tipo fuerte. Les ayudaré en todo lo que pueda, y eso incluye entrar en esa casa-fortaleza y ayudarles a matar a esos dos... vale, pues matar a uno de ellos por lo menos".

"Gracias Phil, pero no pondré más vidas en peligro de las necesarias. Eso te incluye a ti, Billy", le dije mientras le daba un ligero codazo.

"No seas estúpido George, no podrías hacer esto sin mí", contestó sárdonicamente.

TREINTA Y TRES

Nos quedamos en el bar por unas cuantas rondas más, hablando de todo lo que sabíamos y llegando a pocas soluciones.

"Sabes Phil, dijiste que estabas como en el fondo de todo esto. Te das cuenta de que ahora estás sentado en primera fila", dije con una sonrisa.

"Sí, hombre, es raro. Nunca pensé que quería saber más, pero tú, eres diferente... y tú también, Billy. Sólo me siento..." Se encogió de hombros dramáticamente. "No sé lo que siento".

"Te entiendo", respondí, y luego incliné mi cerveza a la suya en un extraño brindis de camaradería. "Déjame preguntarte algo, he estado pensando, ¿crees que los Vigilantes tuvieron algo que ver con que yo terminara aquí?" Agité mi mano. ¿"En San Francisco"? No puede ser una coincidencia que me haya mudado aquí, cerca de Vokkel, cerca de Justine, la prima de la mujer que ayudó a mi madre. Sin mencionar que me hice amigo de Billy, que es esencialmente mi contraparte femenina."

Se burló de mí y me dijo: "Quieres decir que eres mi contraparte *masculina*".

Phil se rió. Parecía disfrutar de la personalidad abrasiva de Billy. Pero luego se quedó en silencio, pensando largo y tendido, y finalmente dijo: "No sé... creo que el hecho de que estés aquí es más bien algo cósmico. Ya sabes, como el universo alineando las cosas o algo así. Quiero decir, nadie te obligó a venir a esta ciudad, ¿verdad? Y no fuiste influenciado de ninguna manera extraña para comprar tu apartamento, ¿verdad?" Sacudí la cabeza y él continuó. "Piensa en ello. Ustedes dos nacen de generaciones de súper AFs, y Vokkel está a punto de cambiar el juego para lo peor, convirtiendo a estos horribles demonios de nuevo en humanos. Imaginen qué clase de maldades cometerían si fueran sólidos... Creo que los dioses...", levantó las manos al techo como un predicador en el púlpito, "o como quieras llamarlo, los necesitaban juntos, y eso es lo que consiguieron". Tenía una sonrisa de satisfacción en su rostro, como si acabara de descubrir el mayor misterio del universo. Quién sabe, tal vez tenía razón.

Terminamos nuestros tragos, nos despedimos y nos fuimos. Antes de hacerlo, Phil me prometió que le haría saber cuál sería el plan para eliminar a Vokkel. No quería involucrarlo más de lo que quería involucrar a Anne, pero era bueno saber que tenía su apoyo.

TREINTA Y CUATRO

Estaba demasiado energético como para volver a casa, así que le pregunté a Billy si le interesaría matar fantasmas por la noche. Ella estuvo de acuerdo, así que nos dirigimos al sur al barrio de Western Addition. El área era mayormente residencial y tenía una mezcla ecléctica de gente y pequeños negocios, pero también tenía callejones en el lado más sórdido, y ahí es donde fuimos. La niebla había empezado a aparecer y rápidamente llenaba las calles con una espeluznante ambiente, dando a nuestra salida una calidad casi surrealista.

Sólo habíamos caminado unas pocas cuadras, pasando un par de complejos de vivienda, cuando encontré mi primer fantasma. Estaba revoloteando sobre un vagabundo, que estaba acurrucado bajo una caja de cartón con su perro igualmente vagabundo. Mientras pasábamos, lo pinché con mi pequeño amigo amarillo y desapareció en la niebla que rápidamente descendía sobre nosotros. El perro gimoteó y golpeó su cola alegremente, como en agradecimiento por salvar a su amo.

Cuando pasamos por unos bares ruidosos y varios grupos de fumadores, maté a seis fantasmas. Al igual que en mis visitas al Tenderloin, no me molesté en buscar a las víctimas. Me sentí seguro de que estaban cerca, y mañana sería un día mucho mejor para ellos.

Me estaba cansando y sugerí que buscáramos un taxi, pero habíamos entrado en un vecindario más residencial y necesitábamos seguir unas cuantas cuadras más donde los taxis estuvieran disponibles. Nos acercamos a un terreno vacío con una cerca de alambre deteriorado que no servía para dejar fuera a nadie, como lo demostraba el campamento de chozas de cartón y carritos de compra cargados, e incluso algunas tiendas de campaña. Billy y yo dimos un respiro de sorpresa en el mismo momento. El lote parecía una casa encantada de Halloween, nunca había visto tantos fantasmas en un solo lugar.

"Mierda", susurró Billy.

La agarré del brazo y la sostuve. "En el momento en que entremos ahí, sabrán lo que somos. ¿Cómo deberíamos hacer esto?"

"Rápido... supongo." Ella tenía razón, no había otra manera.

"Vale, ¿ves esa abertura en la valla?" Señalé una sección pelada de eslabón de cadena a unos cuatro metros delante de nosotros, y ella asintió. "Entramos por ahí. Yo iré a la izquierda, y tú a la derecha. Parece que hay otro hueco en el otro extremo. Podemos salir por ahí".

Tranquilamente conté hasta tres y luego corrimos a través de la abertura. Mi fiel amigo amarillo casi parecía tener mente propia, golpeando a izquierda y derecha a una velocidad que no me había dado cuenta que poseía. Eché un vistazo rápido detrás de mí. Había apuñalado tantos fantasmas que los restos no habían tenido tiempo de disiparse todavía... aparecieron como pilares de humo a mi paso. A pesar de que sabía que me movía rápido, mi entorno parecía pasar en cámara lenta, y por el rabillo del ojo podía ver a Billy moviéndose con la misma velocidad. Hubo un gruñido bajo y feroz y Billy de repente se agachó y rodó, aterrizando directamente sobre sus pies mientras empujaba su palillo como si fuera una daga. Me llevó un momento darme cuenta de que acababa de matar a un demonio muy desagradable, uno que era muy consciente de sus intenciones. Uno que intentaba detenerla, usando a su víctima...

Los dos llegamos a la apertura de la valla lejana al mismo tiempo, jadeando un poco por el esfuerzo de los últimos minutos. Miré hacia atrás. La niebla estaba consumiendo rápidamente la evidencia de nuestras presas, y para cuando recuperamos el aliento colectivo, no quedaba nada más que una ligera niebla y la gente que esperábamos haber salvado.

"Billy, ¿qué demonios fue eso?"

Me agarró la mano y me llevó a la calle antes de hablar. "¿Viste a ese demonio? George, estaba controlando a ese hombre... tenía un cuchillo, y estaba tratando de apuñalarme con él." Billy era el epítome de la seguridad, pero ella estaba claramente sacudida y definitivamente asustada.

"Vamos, salgamos de aquí." Llamamos un taxi y volvimos a casa en silencio. Cuando bajamos del ascensor al sexto piso, dije: "Billy, algo no está bien. Quiero decir, nunca he visto tantos en un solo lugar, ¿y tú?" Sacudió la cabeza.

"Olvidé pedir el número de Aris, pero llamaré a Phil mañana a primera hora y le pediré que le diga esto. Esto es malo."

Ella estuvo de acuerdo y nos separamos para ir a nuestros respectivos apartamentos.

TREINTA Y CINCO

Una vez dentro de la comodidad de mi apartamento me paseé, preguntándome qué significaba este nuevo acontecimiento y no llegué a nada. Me serví un saludable vaso de whisky y seguí caminando un poco más. ¿Podrían los demonios estar llamando a los refuerzos? ¿O es que se estaba produciendo algún tipo de oleada no relacionada?

Mi mente estaba en sobremarcha y dudaba de que pudiera dormir, pero una vez en la cama, caí duro y rápido. Me desperté un poco después de las 4 de la mañana con la sensación de que no estaba solo. Tumbado en silencio, escuché los sonidos de un intruso y, cuando no escuché nada, agarré el bate debajo de la cama y caminé por mi oscuro apartamento. Un tenue resplandor de la luz de la calle seis pisos más abajo le daba a mi sala una luminiscencia fantasmal; también lo hizo el fantasma que estaba de pie en silencio en la esquina. Me detuve y la miré fijamente. Sus rasgos limpios y lisos y su largo cabello castaño me eran muy familiares. Era la mujer del bar, sólo que no sabía que era un fantasma.

Sin saber qué más hacer, dije: "Hola". Sonrió y levantó la

mano en un suave saludo ondulante. "Eh... no eres un fantasma malo". Sacudió la cabeza vigorosamente. "¿Querías que yo... ya sabes, te ayudara a pasar al más allá?" Sonrió de nuevo y esta vez sacudió ligeramente la cabeza. "Bien, ayúdame aquí... ¿qué puedo hacer por ti?" Volvió a sonreír y se acercó a la librería, que tenía una variedad de fotos familiares. Señaló a mi madre y luego a sí misma. Había visto fotos de mi madre de varias edades, así que sabía que esta mujer no era ella. Luego, por supuesto, recordé lo que Anne había dicho sobre mi madre cuando era niña en Suiza. Ladeé la cabeza y dije, "¿Eres la amiga de mi madre, el fantasma de su infancia?" Sonrió ampliamente y asintió con entusiasmo, y luego desapareció.

Volví a la cama, pero seguí dándome vueltas, dormitando de vez en cuando, sin lograr nunca ese importante sueño REM. Finalmente abandoné la idea de seguir durmiendo y me levanté y me preparé para el día. A las siete me convencí a mí mismo de que la aparición matutina fue un sueño. Pero estaba desesperado por contárselo a Billy. Quería saber si había visto a la mujer del bar también. Debió verla...estaba sentada a mi lado y tenía una línea de visión clara hacia la esquina que la mujer había ocupado. Ya no podía soportar estar solo con mis pensamientos, y no me atrevía a despertar a Billy a una hora tan intempestiva. Me puse unos shorts, una sudadera y unos tenis, y agarré mi raqueta con la esperanza de que Greg estuviera en las canchas.

Como era un día entresemana, el barrio cobraba vida a un ritmo constante. Había gente esperando en la parada de autobús del centro, la mayoría de los cuales estaban tan concentrados en sus teléfonos inteligentes que no se fijaron en mí cuando casualmente pinché a un fantasma con mi raqueta al pasar. Miré al hombre con los quistes bulbosos en la cara para encontrar una tez maravillosamente clara a mi paso, y pensé:

"Bonito corte de cabello, hoy recibirás muchos cumplidos". Me reí internamente y seguí subiendo la colina hacia las canchas.

Estaba encantado de encontrar a Greg aniquilando a su competencia a un ritmo constante. Me senté en el banco y esperé mi turno. Jugamos tres partidos antes de que lo dejara. Al menos gané el primero, haciendo que mis posteriores derrotas dolieran un poco menos.

Al llegar a casa, me duché, me vestí e hice otra taza de café, y luego envié un mensaje de texto a Phil, pidiéndole que llamara lo antes posible, lo que resultó ser dos minutos más tarde.

"¿Qué pasa, mi hombre?" dijo en el momento en que le respondí.

"Billy y yo tuvimos una noche muy interesante después de dejarte", respondí, y luego le regalé nuestra pequeña aventura y el campamento de fantasmas/vagabundos. También le puse al corriente de mi inesperada visita a la amiga fantasma de mi mamá, pero él estaba más interesado en el campamento.

Me imagino sus grandes ojos saliendo de su cabeza mientras deja escapar un largo suspiro como un silbido. "Esto no es bueno en absoluto... ¿cuántos crees que había?"

"No he contado, pero supongo que me deshice de al menos diez, probablemente más cerca de quince. Yo diría que Billy golpeó más o menos lo mismo."

Estuvo callado un rato y lo esperé. Finalmente dijo, "¿Recuerdas anoche cuando dije que estar aquí era como una cosa cósmica?" No esperó una respuesta. "Estaba echando humo sobre el universo y toda esa mierda, pero cuando nos conocimos, te dije que los fantasmas y demonios eran un 'error' y que los asesinos de fantasmas estaban aquí para corregir ese error. Creo que es más newtoniano que eso, ya sabes, porque ¿"cada acción es una reacción igual y opuesta"? Lo que intento decir es que tú y Billy se juntan y de repente los dos AFs más poderosos del universo son como, ya sabes, uno, unidos. Así que ahora que ustedes dos son 'uno', la acción ha tenido lugar y la 'reacción igual y opuesta' es esta oleada de fantasmas que se manifiesta". Se quedó callado. Casi podía oírlo pensar por el teléfono, y luego suspiró fuerte. "Por supuesto, podría ser al revés, ¿sabes lo que quiero decir? La oleada ya estaba ocurriendo y la reacción fue que ustedes dos unieran sus fuerzas". Se quedó callado otra vez, y por un segundo pensé que había colgado. "George, estaba hablando con otro amigo mío AF. Dijo que parecía que la población de fantasmas es más prominente últimamente. También dijo que eran más poderosos de lo que normalmente ve."

Por mucho que no quisiera admitirlo, pensé que tenía razón. Esta vez suspiré en voz alta. "Sí, está bien. Hazme un favor, ponte en contacto con Aris, o con quien sea. Creo que tenemos que movernos rápido".

Nos desconectamos, y yo había empezado a marcar el móvil de Billy cuando oí un golpe fuerte. Encontré a Billy caminando ansiosamente por el pasillo al otro lado de mi puerta.

"Hola, te estaba llamando."

Pasó a mi lado y se dirigió a la cocina; cuando la alcancé, se estaba sirviendo una taza de café. Usando una molesta voz femenina burlona, le dije, "Buenos días, George, ¿cómo dormiste?" En mi agradable barítono, me dije: "Buenos días a ti también, Billy. Dormí como una mierda. Soñé que una mujer estaba en mi apartamento. Era una fantasma, y me dijo que era la fantasma de la infancia de mi madre. Por supuesto que eso no puede ser correcto, ya que también era la mujer que estaba sentada en una mesa al otro lado del bar anoche, ¡y no se veía ni actuaba como un fantasma entonces!"

Billy se volvió hacia mí y dijo: "¿Qué mujer?"

"Directamente frente a nosotros. Ella estaba sentada en el otro extremo, justo pasando las mesas de billar. Vamos, Billy, no hay forma de que te la hayas perdido. Era la única otra mujer en todo el lugar."

Entrecerró los ojos hacia mí, el verde sólo un destello entre sus pestañas, y dijo: "George, aparte de los viejos del bar, no había nadie más en el lugar".

Me senté pesadamente. Estaba dispuesto a creer que ella era un producto de mi imaginación de ensueño durante la madrugada, pero no podía negar el hecho de que sabía que la había visto en el bar; por lo tanto, probablemente era exactamente quien decía ser. Puse mi cabeza en mis manos y dije, "Creo que la amiga fantasma de mi madre me está embrujando".

La oí jadear y volteé hacia ella. Sus ojos se habían abierto en una mirada asustada. "No, no, no así. No quiere hacerme daño, ella... no sé lo que quiere. Le pregunté si quería que yo, ya sabes, la ayudara a seguir adelante y me dijo que no. Bueno, en realidad no *dijo* nada, pero sacudió la cabeza. Luego se acercó a la librería con las fotos enmarcadas y señaló a mi madre. Pero vamos a tratar con ella más tarde. Reconozco un fantasma malo cuando lo veo, y no es una amenaza. Además, creo que tenemos problemas mucho más grandes". Le conté mi conversación con Phil.

Se sentó y sorbió su café, y luego dijo: "Esto es lo que pienso; creo que Vokkel se ha dado cuenta de quién eres y ahora puede finalmente cumplir su promesa a los demonios. Y como bonus, puede hacer esta cosa de confluencia o convergencia, el término que prefiera, y *voila*, él está curado y sus demonios son ahora humanos y todos pueden seguir su alegre camino. Pero, creo que los demonios no confían en él, así que han pedido refuerzos, y por eso estamos viendo esta oleada de fantasmas".

Pensé todo eso por un momento. Probablemente tenía más sentido, si es que algo de esto iba a tener sentido, pero una cosa me molestaba. "Billy, ¿cómo diablos viajan estos fantasmas? Quiero decir, no todos vienen de aquí, ¿verdad? Sabemos que los demonios que mataron a nuestra familia no lo hicieron. Entonces, ¿cómo se desplazan? ¿Sólo saltan a los aviones y se mueven como nosotros?"

Me miró como un adulto a niño ignorante y dijo: "No lo sé. George, ¿y qué importa? Están aquí y tenemos que hacer algo al respecto". Maldición, estaba de mal humor. El timbre de mi teléfono me salvó de una respuesta ingeniosa y probablemente sarcástica. Miré el identificador de llamadas... era Phil.

"Hola Phil", respondí.

"George, Aris quiere verte ahora mismo. Dice que es una emergencia. ¿Podemos ir a tu casa?" Sonaba extremadamente nervioso.

"Sí, claro. ¿Qué pasa, Phil? ¿Qué está pasando?"

"No sé hombre, pero creo que es malo. Estaremos allí pronto", dijo, y colgó.

TREINTA Y SEIS

No podía pensar en nada peor que lo que ya estábamos enfrentando, y la espera me hizo caminar ansiosamente. Después de lo que pareció una hora, pero en realidad fueron sólo quince minutos, sonó el timbre del edificio principal y Billy se dirigió al panel de seguridad para dejar entrar a Phil y a Aris.

Aris parecía agitado y rechazó el asiento que le ofrecí. Finalmente, después de dar vueltas por la habitación, dijo, "Vokkel se puso en contacto conmigo esta mañana." Nos miró a Billy y a mí con tristeza. "Dijo que convocó la oleada de fantasmas y que los liberará en un grupo grande, tal vez una escuela o un edificio de oficinas, si no te entregamos a él." Me miró directamente.

"Oh Dios mío", dijo Phil mientras arrastraba sus manos por su cabello. Billy rechinó los dientes de forma audible, y yo miré a Aris con curiosidad.

"Aris, ¿a quién le importa? Si hace eso, mataremos a los fantasmas y remediaremos la situación. Quiero decir, toma tiempo para que los fantasmas hagan algún daño a sus víctimas... tienen que perseguirlos por un tiempo, ¿verdad? ¿Por qué cree que eso funcionará?" Pregunté, perplejo por qué Vokkel pensaba que era una amenaza real.

Billy gruñó de una manera muy poco femenina y dijo: "George, ¿no estabas prestando atención anoche? Esos no eran fantasmas de segunda, ¡eran más poderosos! ¡Por eso es una amenaza! Los fantasmas que Vokkel trajo aquí pueden matar rápidamente, y si no sabemos donde planea liberarlos, ¡no estaremos allí para intervenir!"

Me sentí estúpido, porque por supuesto ella tenía razón, aunque no pensé que necesitara decirlo de manera tan grosera. Pero esa era Billy. "Lo siento, no se me ocurrió", dije contrariado.

"¿Y qué hacemos? No podemos entregarlo; quiero decir, no puede hacer lo que Vokkel quiere que haga", dijo Phil a nadie en particular.

"Tengo que hacerlo", dije simplemente.

Phil y Aris estaban de pie junto a la ventana y ambos miraban en mi dirección. Phil dijo, "Estoy ayudando; ¡necesitamos un plan!"

"¿Dónde dijo que debería ir?" Le pregunté a Aris.

"No lo hizo. Dijo que volvería a llamar esta tarde."

"Vale, bueno, no voy a ir a su casa. Necesitamos un lugar donde podamos verlos, un lugar abierto, pero desierto; no quiero que ningún inocente salga herido".

Billy le aclaró la garganta y dijo: "Si nosotros podemos verlos, ellos pueden vernos".

Asentí con la cabeza. "Sí, seguro que pueden. Quiero que nos vean, al menos a ti y a mí... es decir, si todavía estás en esto". Sus ojos se entrecerraron como si me desafiara a decirle lo contrario, y yo sonreí.

Eché un vistazo a la habitación. Todo el mundo me miraba, esperando mi plan, incluyendo la amiga fantasma de mi mamá, que había aparecido de repente en la esquina. Le sonreí y de repente un plan comenzó a formarse.

"Vale, Vokkel está viejo y enfermo, así que no será un reto físico, pero Edgar lo será." Miré al fantasma y le dije: "Si Billy puede hacer lo suyo... ¿sabes sobre lo suyo?" El fantasma asintió con la cabeza y le pregunté: "¿Puedes ayudarla? ¿Contra Edgar?" Asintió con entusiasmo. Aunque Billy había usado un poderoso demonio para matar a su guardaespaldas, me imaginé que el fantasma de mi madre también tenía que ser poderoso, de lo contrario Billy la habría visto anoche.

"¿Con quién estás hablando?" Billy exigió. Miré al fantasma, y luego a Billy.

"¿Todavía no puedes verla? Es la amiga fantasma de mi mamá, la del bar". Le había hablado a Phil de ella, y asumí que él había informado a Aris. Pero Aris estaba mirando donde yo había enfocado mis preguntas anteriores, y estaba claro que él tampoco podía verla.

"No te preocupes por eso, todo lo que necesitas saber es que ella está aquí para ayudar. Así que, necesitamos un lugar donde podamos hacer esto. Aris, ¿puedes con esto?" Asintió con la cabeza. "Bien, creo que vamos a necesitar algunos refuerzos también. Es muy probable que esta oleada de fantasmas no esté muy lejos. No puedo estar seguro de lo peligrosos que son para nosotros, pero sabemos que algunos de ellos son peligrosos por lo que pasó anoche. ¿Cuántos AFs hay en la ciudad, Aris?"

Respondió inmediatamente, y yo arqueé una ceja de manera cuestionable. "Veinticinco, sin incluir a ustedes dos y a mí. Empecé a llamarlos hace unos días." Hizo una pausa. "Tenía la sensación de que algo estaba pasando y que podríamos nece-sitarlos".

"Bien. Quiero a los demonios allí también, así que esto es lo que le vamos a decir a Vokkel... Le diré que sé lo que quiere de mí y que lo haré todo: lo de la convergencia con su demonio, y la transferencia de las almas de los demonios a los humanos. Eso significará que al menos dos vidas inocentes y tal vez más estarán presentes, así que vamos a necesitar algo de ayuda para sacarlos del camino de forma segura." Miré al fantasma de mi madre y le dije: "Me encantaría saber tu nombre". Se encogió de hombros, porque por supuesto no podía decírmelo.

Phil dijo, "EG". Miró a la esquina donde había estado dirigiendo mis preguntas y dijo: "Eres como un guardián, ¿verdad?" Se dirigió a mí por la respuesta. Miré al fantasma y ella asintió, así que se la pasé a Phil. "Así que te llamaremos EG, abreviatura de Espíritu Guardián", exclamó con una gran sonrisa. Miré al fantasma y ella también sonreía.

"Supongo que eso lo resuelve... EG es." Yo le sonreí. "EG, ¿puedes ir a buscar a Vokkel y decirnos qué está tramando sin que nadie ni nada te vea?" Ladeó la cabeza y extendió las manos, y luego desapareció.

"¿Qué dijo, hombre?" Phil preguntó.

"No estoy seguro, pero se ha ido. Espero que vuelva pronto."

"Sí, está bien, pero tenemos que trabajar en este plan tuyo, George. Asumo que no tienes la intención de hacer lo que él quiere, así que, ¿qué pretendes?" Billy dijo ferozmente.

"Aquí está lo básico: tenemos a Vokkel, Edgar y los demonios en un solo lugar. Tú te encargas de Edgar con la ayuda de EG, y yo de los demonios. Aris puede tener unas cuantas personas extra cerca para ayudar, y los asesinos de fantasmas restantes pueden patrullar la ciudad para encontrar los grupos." Era un plan extremadamente defectuoso, pero nadie ofrecía alternativas.

Billy frunció el ceño y casi pude sentir sus ojos verdes como un láser atravesándome. "No va a suceder así. Vokkel no aparecerá con sólo Edgar y unos cuantos demonios. Tendrá otros refuerzos también. ¿Qué planeas hacer con ellos?"

Phil saltó de la silla que había tomado y dijo: "Bueno, estaré allí, y también puedo estar armado".

Billy agitó su mano. "Y eso es otra cosa... si matas a Edgar, tendremos al menos un cuerpo con el que lidiar. ¿Qué demonios planeas hacer al respecto?"

Aris respondió en un tono tranquilo y parejo. "Los Vigilantes se encargarán de cualquier limpieza que se necesite hacer".

Phil se frotó las manos y dijo: "Bueno, está todo arreglado".

Aris se puso de pie y dijo: "Necesito hacer algunos arreglos. ¿Hay alguna habitación tranquila que pueda usar para hacer algunas llamadas?" Señalé hacia el comedor y se fue, cerrando las puertas francesas tras él.

Billy se inclinó hacia atrás y suspiró.

"Estás preocupada. Vamos Billy, dímelo", le dije.

"No me gusta esto", dijo, y se puso de pie. "Voy a ver cómo están Justine y Anne. Quiero asegurarme de que ambas están a salvo antes de que algo de esto suceda". Se fue sin decir una palabra más.

Phil preguntó: "¿Tienes café?" Lo dirigí a la cocina justo cuando mi teléfono sonó con un mensaje de texto.

TREINTA Y SIETE

Era un simple pero poderoso mensaje de texto.

*Encuentra un lugar privado y llama a este número inmedia-
tamente, o tu padre será asesinado - F.V.*

Aunque estaba solo en la sala, Phil y Aris podían volver en cualquier momento. Me dirigí a mi dormitorio, y una vez dentro cerré la puerta y marqué el número. Por alguna razón esperaba que Edgar respondiera, ya que era claramente la mano derecha de Vokkel, pero en cambio fui recibido por una voz áspera y ruda.

"Qué bueno que responda con tanta prontitud, Sr. Sinclair", dijo Vokkel.

"¿Tenía opción?" Respondí secamente.

"No. El tiempo de las opciones ha pasado. Estoy seguro de que a estas alturas Aris ya ha explicado lo que sucederá si no se entrega a mí, y estoy seguro de que usted, con la ayuda de él y por supuesto, la ayuda adicional de mi encantadora nieta, están intentando tramar un plan en torno a esa amenaza. ¿Estoy en lo correcto, Sr. Sinclair?" No esperó mi respuesta. "Por eso tomé la medida extra para asegurarme de que hará lo que yo deseé. Le diré que su padre está en buena forma, por el momento. Sin embargo, eso no será así por mucho tiempo. Esto es lo que usted hará; seguirá el juego a lo que Aris y Billy ideen hasta que me ponga en contacto usted, entonces tendrá que separarse de ellos y venir a mí, *solo*, como yo le indique. ¿Entiende?"

Necesitaba sentarme. Me sentí mareado, y por primera vez en todo este asunto de los fantasmas, estaba aterrorizado hasta la médula. Una de las últimas cosas que le dije a mi padre me pasó por la cabeza. "Papá, voy a pedirle a los Vigilantes que te protejan". Pero lo había olvidado... me quedé tan atrapado en mi deseo por la venganza contra Vokkel y sus demonios que lo olvidé, y ahora... ahora lo tenían. No tenía opción, tenía que entregarme y esperar que Vokkel cumpliera su palabra.

"Sólo lo haré si libera a mi padre en cuanto llegue. ¡Y yo elijo el lugar de encuentro!" Mi voz se había tornado en un gruñido. "¿Entiende?"

Vokkel hizo un ruido que provenía de lo profundo de su garganta, y me tomó un segundo o dos para darme cuenta de que era una risa. "Por supuesto, no le pasará nada si hace lo que le digo."

"¡Eso no fue lo que dije, Vokkel! Preste atención esta vez: Nos encontraremos en el lugar *que yo designe* si, *y solo si*, ¡lo libera al segundo que yo llegue!"

Se quedó en silencio por un momento, luego dijo: "Muy bien George, aceptaré sus condiciones. Pero como dije, vendrá solo o mataré a su padre". Luego se rió, al menos yo pensé que eso hacía, y dijo: "Tiene esa chispa ardiente, como su madre... ¿dio una buena pelea, George? Al final, es decir, ¿trató de luchar contra mi demonio?"

Quería vomitar. En lugar de eso, lo aguanté y respondí: "Hablando de eso, ¡asegúrate de que ellos también estén allí!" Colgué, no estoy seguro de que fuera la decisión más sabia, pero no iba a poder mantenerme en control mucho más tiempo si me quedaba en la línea con él. Me senté pesadamente en la cama y dejé caer mi cabeza en mis manos.

No sabía cuánto tiempo estuve así, agarrando mi cabeza y murmurando en voz baja. Eventualmente escuché un silencioso chasquido cuando la puerta del dormitorio se abrió. La voz de Billy, suavizada por la preocupación, estaba muy cerca. "¿Qué ha pasado?" Sentí su mano en mi cabeza y miré hacia arriba; estaba arrodillada frente a mí, sus cejas muy juntas en su ceño.

Me levanté, limpiándome la cara con las manos mientras caminaba por la habitación. No podía decidir si debía decirle lo que Vokkel había hecho. Sabía que si lo hacía, ella insistiría en venir conmigo, y eso desafiaría las instrucciones de Vokkel, lo que podría terminar con la vida de mi padre. Se acercó a mí y apoyó sus manos en mis hombros, mirándome con ojos verdes suplicantes que no tenían nada más que una profunda preocupación, y dijo, "George, ¿qué pasó?"

Apoyando mi frente contra la de ella, le conté lo de la llamada. Se apartó y dijo: "¡Dios! ¡Es un bastardo!" Nunca me había sentido más cerca de nadie que en ese momento. De alguna manera sentía mi dolor y mi frustración, y sabía que era la única persona que podía ayudarme y ayudar a mi papá.

"Vale, creo que deberíamos seguir las instrucciones de Vokkel, pero en lugar de que te escapes, lo haremos los dos. Si EG puede ayudarnos, entonces podríamos ser capaces de luchar contra esto."

Sonreí débilmente. "Sí, estoy de acuerdo, pero no confío en Vokkel en lo más mínimo. Quiero decir, aunque piense que estoy solo, no creo que deje ir a mi papá, ¿verdad?"

Sacudió la cabeza. "No, no lo creo, pero hay otro problema. No tengo ninguna duda de que tiene la intención de desatar esos fantasmas, la oleada o como quieras llamarlo", agitó la mano, "sin importar si haces lo que él dice o no". Y no creo que los asesinos de fantasmas de Aris sean lo suficientemente fuertes, no sin ti y sin mí".

Ella tenía razón, por supuesto. La mayoría de los fantasmas que habíamos encontrado la noche anterior eran rápidos y fuertes, y Phil había dicho que otros AFs promedio los reportaban como demasiado poderosos para atraparlos. Más importante aún, no teníamos ni idea de dónde pretendía liberarlos. ¿Cómo podíamos luchar contra ellos si no sabíamos dónde estaba el campo de batalla?

En ese momento, EG apareció, con aspecto triste y descorazonado. Pregunté apresuradamente, "¿Viste a mi padre?" Ella asintió. "¿Estaba bien?" Otro asentimiento. "¿Qué hay de esta oleada de fantasmas? ¿Viste algo así?"

Ladeó la cabeza, luego puso la mano sobre el pecho, sus ojos pidiendo comprensión.

Billy dijo: "Podrías sentirlos, ¿es eso lo que quieres decir?" EG asintió con entusiasmo.

"¿Puedes verla?" Le pregunté a Billy.

Billy sonrió. "Sí, puedo. Hola EG, encantado de conocerte." Este nuevo desarrollo fue genial. Significaba que EG podía ayudar a Billy directamente, y eso aumentaba nuestras posibilidades enormemente. Al menos esperaba que lo hiciera.

"No veo como podemos hacer esto Billy-no podemos estar en dos lugares a la vez." Podía oír la derrota en mi voz y la odiaba.

Suspiró y dijo: "Lo sé, déjame pensar un momento". Empezó a caminar sin rumbo por la habitación. EG se quedó en silencio en el rincón observándonos a ambos intensamente. Finalmente Billy dijo: "Bien, creo que debemos seguir el plan que ya tenemos. Tenemos que hacerle saber a Aris lo que está pasando, para que pueda hacer que algunos de los suyos nos sigan a donde sea que nos encontremos con Vokkel." Se volvió hacia EG. "¿Puedes permitir que otros te vean también?" GG se encogió de hombros, como si no estuviera segura.

"Si pudieras conseguir de alguna manera una pista sobre la oleada que Vokkel está controlando, tal vez podrías seguirlos y luego dejar que una de las personas de Aris sepa dónde están. De esa manera podrían estar allí para atacarlos."

"¿Qué hay de mi papá, Billy? Tenemos que sacarlo de inmediato".

Estaba asintiendo con la cabeza. "Lo sé. Vokkel espera que vengas solo, pero dejaste claro que primero tenía que liberar a tu papá. Le diremos que me trajiste para escoltar a tu papá a un lugar seguro; me iré con él y se lo pasaré a una de las personas de Aris, y así estará protegido por un asesino de fantasmas."

"¿Y luego qué?"

"¡Entonces, volveré y te ayudaré a matar a esos bastardos!" dijo, con una sonrisa siniestra en sus labios.

TREINTA Y OCho

Llamaron a la puerta y Phil metió la cabeza. "¿Todo bien aquí?", preguntó con indecisión.

"No, volvamos a la sala", dije mientras guiaba a Billy fuera de mi dormitorio. EG me miraba fijamente y le dije con una sonrisa tranquilizadora: "Vamos, te necesitamos también".

"Ha habido un cambio de planes", dije, y luego le dije a Phil y Aris sobre el mensaje de texto de Vokkel y mi posterior conversación con él. También les hablé del plan que Billy, EG y yo estábamos ideando.

Aris asintió con la cabeza en agradecimiento y dijo: "EG". Miró alrededor de la habitación, sin estar seguro de dónde estaba. "Me honraría si me permitieras ser tu conducto". Ella sonrió y se acercó a él, poniendo su mano fantasmal en su hombro. Él se estremeció por una fracción de segundo y luego sonrió e inclinó ligeramente la cabeza en saludo. Ella volvió a donde había estado antes.

Phil hizo un ruido que sonaba como "humph", levantó las manos y dijo: "Genial, todos pueden verla menos yo". Pero tenía una sonrisa en su cara, que nos hacía sonreír a todos.

Me volví hacia Billy. "¿Cómo están Justine y Anne?"

"Están bien. Les dije los planes y Anne dijo que no perdería de vista a Justine. Se quedarán en casa hasta que les digamos que no hay moros en la costa".

"Bien, bien. ¿Podemos hacer que quienquiera que reciba a mi papá lo lleve a casa de Justine?" Yo pregunté. Billy asintió en respuesta.

"Muy bien, ¿qué sigue? ¿Qué hacemos ahora?" Phil preguntó.

Aris habló. "He pedido a los demás que se reúnan con nosotros dentro de una hora, me gustaría saber directamente de ellos en cuanto a los encuentros que han tenido con esta 'oleada'. Necesitamos toda la información que podamos conseguir para poder luchar contra ellos adecuadamente. No pasará mucho tiempo antes de que Vokkel vuelva a hacer contacto, así que tenemos que movernos rápidamente." Se dirigió a EG. "¿Puedes venir también?" Ella asintió.

Phil se acercó al borde del sofá, tomó un estuche negro y duro y lo colocó sobre la mesa. Desabrochó los cerrojos y lo abrió; contenía tres pistolas de mano encajadas en espuma y varias cajas de munición. Lo miré con curiosidad.

Se encogió tímidamente de hombros y dijo: "No estaba seguro de cuál iba a ser el plan, así que las traje conmigo. Bajé al coche y las cogí mientras tú y Billy hablaban en tu dormitorio".

Billy se acercó al estuche, tomó el arma más pequeña y la revisó. Tiró de la corredera hacia atrás y dejó caer el cartucho, todo ello con una pericia practicada. "Me quedo con esta".

No me sorprendió que supiera algo sobre armas, pero yo no sabía nada en absoluto; nunca había visto una en persona. "Yo no, lo siento, no me dedico a las armas", dije enfáticamente. Billy me echó una mirada que gritó "cobarde".

Phil dijo: "Oye hombre, eso es genial. Soy bastante bueno

con estas cosas, así que si me permites", miró entre Billy y yo, "me gustaría ir con ustedes cuando se reunan con Vokkel y Edgar y lo que sea o quien sea que vaya a estar allí. Puede que necesiten algo de buena y confiable artillería".

Billy dijo: "Sí, está bien". Se volvió hacia Aris. "¿Dónde nos reuniremos con los demás?"

"El Centro Masónico", respondió Aris, "Hemos tenido una larga relación con ellos y necesitábamos una especie de sala de reuniones", explicó.

Me reí. Después de todo, esto era una reunión con asesinos de fantasmas, y los asesinos de fantasmas se supone que no deberían de existir. No sólo eso, sino que íbamos a hacer un plan de batalla para luchar contra fantasmas y demonios y gente que vivió mucho tiempo y médicos malvados y más. Entonces, ¿por qué no debería esta reunión tener lugar en el salón local de uno de las más misteriosas sectas de la historia, o grupos, o como sea que se llamen los masones?

Billy llamó a Justine para avisarle que nos íbamos, y luego todos nos metimos en el auto de Phil y fuimos al Centro Másonico en la calle California. Aparcamos en el garaje subterráneo y nos recibió un hombre que nos saludó con un simple movimiento de cabeza. Nos llevó a una sala de reuniones y cerró las puertas tras nosotros. Ya había unas diez personas presentes, la mayoría sentadas alrededor de la mesa de reuniones hablando en voz baja entre ellas. Aris se excusó y se acercó a un hombre alto con cabello corto y rasgos fuertes.

Phil, Billy y yo nos sentamos en las sillas más cercanas y esperamos pacientemente. EG se quedó en la esquina, observando a todos con curiosidad. La gente siguió entrando en la sala hasta que estuvo casi llena, tomando silenciosamente cualquier asiento disponible.

Aris se acercó a nosotros y se agachó entre Billy y yo. Hablando en un susurro, dijo: "He decidido que es mejor que no le digamos a los demás sobre tus planes con Vokkel. Confío en esta gente, pero no podemos arriesgarnos a que mi juicio esté equivocado y uno de ellos trabaje para él. Les diremos que tenemos un topo y así es como sabremos dónde se producirá la oleada. Si hay un traidor entre nosotros y la palabra llega a Vokkel, tal vez se sacuda un poco su confianza." Billy y yo asentimos al unísono, y me volví hacia Phil y le dije lo que se dijo mientras Aris se alejaba.

TREINTA Y NUEVE

Mientras Aris se movía por la habitación saludando a la gente, yo eché un vistazo a mi alrededor. Era un grupo ecléctico. Tenían edades comprendidas entre los veinte y los cincuenta años. Había menos mujeres que hombres, pero no por mucho. Una cosa que me llamó la atención es que todos parecían físicamente fuertes, capaces y decididos. Finalmente hice un recuento, y justo cuando concluí que había veintinueve personas en la habitación, oí a Aris llamar la atención.

Empezó agradeciendo a todos por llegar con tan poco tiempo de anticipación. Luego les habló de la amenaza de Vokkel y comenzó a trazar su plan, con su mentira sobre su fuente en el lado de Vokkel. Intenté captar la reacción de todos, esperando ver que la expresión de alguien traicionara su lealtad, pero había demasiada gente para observar a la vez. Si tuviéramos un traidor, y realmente esperaba que no lo tuviéramos, no iba a ser capaz de averiguar quién era. Cuando Aris terminó, fue alrededor de la mesa preguntando qué tipo de fantasmas había encontrado cada AF recientemente, y cuáles eran los niveles de poder percibidos por los fantasmas y los AFs.

Me sorprendió gratamente descubrir que la mayoría de los asesinos de fantasmas en la habitación estaban unos niveles más arriba en la escala de poder. De hecho, parecía que los únicos que no lo estaban eran los más jóvenes, y tuve la impresión de que les faltaba más confianza que poder. Los fantasmas, sin embargo, eran una historia completamente diferente. Cada persona en la habitación tuvo un encuentro que podría describir como preocupante, ya sea un fantasma poderoso que no pudieron atrapar y matar, o un gran grupo de fantasmas todos a la vez. De cualquier manera, me preocupaba. Mientras todo esto sucedía, vi a EG flotar por la habitación sin ser vista por todos menos por mí y Billy. Si Aris la vio, no lo hizo notar. Ella era su arma secreta.

Después de que Aris terminó con sus preguntas, pidió que todos se quedaran cerca. Había una cafetería en el edificio, y fuimos invitados para ir allí o simplemente pasear por las áreas públicas hasta que Vokkel hiciera la llamada. Asumí que Vokkel me llamaría primero, y luego llamaría a Aris, pero planeé escabullirme antes de que llegara la segunda llamada. Sin embargo, necesitaba saber quién nos iba a apoyar... más específicamente, a quién le íbamos a entregar a mi papá.

Acorralé a Aris y lo hice a un lado. "¿Quién va a venir conmigo y con Billy?" Miró por encima del hombro y luego hizo un gesto para que una joven se acercara.

Tenía unos veinte años y era de piel de oliva como Aris. Aunque era joven, era de las AFs que se notaban más seguras que Aris había encuestado antes, tenía un aire que irradiaba fuerza. "George, esta es Carol. Carol, me gustaría que te quedaras cerca... George y Billy necesitarán tu ayuda. Te lo explicaré en unos minutos." Asintió con la cabeza y se fue sin decir una palabra.

"¿Cómo sabemos que podemos confiar en ella?" Yo pregunté.

Aris sonrió. "Ella es mi sobrina. Podemos confiar en ella sobre todo, y es fuerte. Tu padre estará en buenas manos".

"Vale, gracias Aris, lo aprecio mucho. Supongo que recibiré la señal de Vokkel justo antes de que recibas la llamada de él. Así que todos intentaremos pasar desapercibidos si podemos. ¿Alguna idea de dónde debería decirle que se reúna conmigo?"

Aris miró su reloj; se acercaba a las cuatro de la tarde. Dijo: "Sí, hay un taller abandonado no muy lejos de aquí, en la calle Bush. El espacio está abierto de par en par, así que debe haber pocos lugares para que la gente de Vokkel se esconda. Ya he enviado a alguien para asegurar el edificio para ti. Las luces estarán encendidas, y con suerte eso te dará una ventaja, y como Vokkel no tendrá mucho tiempo, no debería ser capaz de rodear el edificio con demasiada de su propia gente." Puso su mano sobre mi brazo y dijo: "Basado en lo que los otros han dicho sobre las oleadas fantasmales, no creo que sea prudente dispersar demasiado nuestras fuerzas. Sólo puedo darte una persona más..."

Aris me dio la ubicación exacta del edificio y me dijo que las entradas delantera y trasera estarían abiertas. Sugirió que Billy y Carol esperaran a mi papá en la entrada trasera, pero que yo usara la entrada delantera, solo. Quería enviar a Phil y a otro AF llamado Pete, que dijo que era un soldado veterano, para reunirse con el hombre que ya estaba allí y entrar al edificio para encontrar un lugar donde esconderse. Estuve de acuerdo con él y fui a hablar con Billy y Phil.

Después de decirles lo que habíamos acordado, le pregunté a Phil si estaba seguro de que aún quería hacer esto. Respondió afirmativamente con gran entusiasmo. EG seguía rondando la habitación, parándose en el borde de cada grupo y escuchando, observando. La llamé la atención y le di una ligera inclinación de la cabeza para indicar que quería que se acercara a nosotros.

Cuando estaba con nosotros, le pregunté: "¿Alguien de aquí

te preocupa?" Sacudió la cabeza. "Bien, eso es bueno. ¿Puedes ver a Vokkel rápidamente y volver aquí tan rápido como puedas?" Asintió con la cabeza y desapareció.

Un hombre se acercó a nosotros, el mismo con el que Aris había estado hablando cuando llegamos. Extendió su mano en señal de saludo. "Soy Pete. Aris me dijo lo que está a punto de pasar", dijo mientras estrechaba cada una de nuestras manos. Se volvió hacia Phil. "Tú y yo deberíamos irnos. Quiero inspeccionar el lugar a fondo; ¿tienes un teléfono móvil?" Phil asintió. "Vale, bien, ponlo en vibración". Volviéndose hacia mí, dijo: "Envíale un mensaje de texto en cuanto recibas la llamada de Vokkel, ¿vale?" Yo también asentí con la cabeza. Se volvió hacia Billy. "No estoy seguro de la estructura de este lugar, así que cuando vengas a buscar al Sr. Sinclair echa un buen vistazo, luego sácalo y entrégaselo a Carol. Phil y yo nos esconderemos en algún lugar, y George debería estar al frente con Vokkel y sus hombres. Me gustaría que Vokkel pensara que te fuiste, así que si puedes abrir la puerta lo suficiente para escuchar lo que está pasando, y luego regresar cuando todo suceda, eso sería bueno. Deberá bajar la guardia de su gente un poco."

Phil y Pete se fueron y Billy y yo nos miramos fijamente durante un minuto. No podía decir si estaba asustada o no, pero sabía que yo lo estaba. EG se materializó de repente y nos miró a los dos con preocupación. "¿Qué pasa? ¿Mi papá está bien?" Billy escuchó el pánico en mi voz y puso su mano en mi brazo, luego se volvió hacia EG. EG sonrió y asintió, asumí en respuesta a mi pregunta.

"¿Acabas de estar en la casa de Vokkel?" Billy preguntó, y recibió otro asentimiento de EG. "¿Quién más estaba allí? ¿Edgar, los demonios, otros fantasmas?" GG sonrió y levantó la mano. Usando su dedo índice para indicar la pregunta uno, asintió con la cabeza; el siguiente dedo para la pregunta dos, volvió a asentir con la cabeza; el tercer dedo y la última pregunta, sacudió la cabeza.

"Bien, entonces Edgar y los demonios están ahí. ¿Cuántos demonios?" Billy preguntó, y EG levantó dos dedos. "¿Alguna idea de dónde está esta oleada de fantasmas?" EG asintió y miró por de la habitación.

Había un gran mapa antiguo de la ciudad en la pared y se acercó a él. Billy y yo la seguimos. EG señaló una zona que ahora estaba al sur de Market, más específicamente donde se encontraba el estadio. La temporada de béisbol había terminado, pero en el parque se celebraban a menudo conciertos y otros eventos. Me devané los sesos pensando en lo que podría estar pasando. Finalmente saqué mi teléfono y lo busqué. Había un evento de caridad programado para comenzar en la próxima media hora, para los niños desfavorecidos y sus padres y muchas otras personas. Eso significaba que el estadio, sobre todo el campo donde se habían instalado las carpas del evento, se llenaba de gente inocente mientras hablábamos. El estadio era un lugar bastante grande, y eso hacía que hubiera mucho espacio para cubrir; además, nuestra gente no tenía boletos de entrada, así que ¿cómo iban a entrar ahí para matar a los demonios en primer lugar? Vokkel era de hecho un inteligente bastardo. Estaba seguro de que había elegido este lugar por si acaso descubrimos dónde pretendía liberar a sus demonios.

Encontré a Aris y le dije lo que EG había indicado. Parecía preocupado pero luego dijo, "Déjame encargarme por esto, George; tienes otras cosas de las que preocuparte". Como si fuera una señal, mi teléfono zumbaba con un mensaje de texto, y por supuesto era Vokkel.

Su mensaje era de nuevo, muy simple... decía, *es hora*. Le contesté, diciéndole que se reuniera conmigo en el garaje vacío de la calle Bush en veinte minutos, y que más le valía tener a mi padre con él. Agarré a Billy y Carol, le di a EG una sonrisa y un saludo de dos dedos, y salimos de la habitación.

Cuando nos acercamos al vestíbulo, me volví hacia Carol y empecé a informarle. Levantó la mano y dijo: "Aris me dijo, yo sé qué hacer".

"Vale, genial... gracias. Cogeré un taxi para ir al garaje; ¿tienes coche, Carol?"

"Una motocicleta: no te preocupes, tengo un casco extra que Billy puede usar y luego pasárselo a tu papá. Estará bien." Ella sonrió traviesamente y todos dejamos el edificio.

Me llevó diez minutos encontrar un taxi y llegar al garaje abandonado. El edificio era de bloques de hormigón, excepto por dos grandes puertas de garaje en cada extremo y una puerta normal en el centro, con un viejo letrero de metal colgando en un ángulo justo encima. Varios grandes letreros de "se vende" estaban pegados a las puertas del garaje, pero por lo demás no había ninguna señal de que alguien hubiera estado allí en un tiempo. Miré por de la calle, y al otro lado del camino un hombre manipulaba bajo el capó de un viejo pero bien restaurado coche. Miró hacia mí y asintió con la cabeza ligeramente. Supuse que era el hombre que Aris había enviado antes. Al no ver a nadie más que pareciera sospechoso, entré al edificio por la puerta abierta.

Las luces fluorescentes estaban encendidas, pero no eran tan brillantes como me hubiera gustado. Parecían proyectar más sombras de las que se dispersaban. El lugar olía a aceite de motor viejo y a polvo, con una capa inferior de algún otro producto químico que se añadía a lo desagradable. Había grandes placas de metal en el suelo de hormigón que supuse que cubrían los viejos ascensores de coches que los mecánicos habrían usado para levantar los coches en los que pretendían trabajar. En la esquina más alejada había una oficina acristalada. Las luces estaban apagadas y supuse que ahí es donde

Pete y Phil se escondían, aunque podrían haber estado hacinados en la pequeña habitación de al lado que estaba etiquetada como "baños sólo para clientes". En general, el lugar era sucio y húmedo, perfecto para un enfrentamiento paranormal.

Busqué otros escondites, y aparte de unos cuantos montones de neumáticos viejos y algunas cajas, no había ningún otro lugar donde una persona pudiera esconderse. Mientras observaba los alrededores, vi la puerta trasera. Parecía de acero sólido y esperaba que Billy pudiera oír lo suficiente para saber cuándo hacer su entrada. En ese momento oí que se rompía un vidrio y vi la ventana sucia junto a la puerta. Me imaginé que era Billy, haciendo un agujero para que pudiera oír lo que estaba pasando. Sin nada más que hacer, me dirigí al centro de la habitación cavernosa y esperé.

Cinco largos minutos después se abrió la puerta de la calle, pero antes de que nadie entrara, sentí más que una presencia a cada lado de mí. Mirando en ambas direcciones, vi lo que esperaba ver. Dos demonios, ambos finamente vestidos a la moda de finales del siglo XVII... al menos pensé que de esa época eran. Pero estos demonios eran diferentes. No estaba seguro de si tenía que ver con su edad, o con su poder, o simplemente con el hecho de que eran pura maldad, pero se parecían mucho a algo que se veía en las películas, con ojos brillantes y muecas desdichadas.

Me volví a la puerta justo a tiempo para ver entrar a un hombre alto y distinguido, que parecía tener unos ochenta años y que llevaba un traje de sastre muy caro y un abrigo de lana. Estaba vestido para una noche de fiesta; quizás él y Edgar tenían la intención de cenar tranquilamente en un bonito restaurante después de matarme. Pero había algo más. Este hombre parecía enfermo, muy enfermo, pero no vi su fantasma y me pregunté si sabía que no estaba presente.

Otro hombre entró también, pero tropezó, como si alguien

lo hubiera empujado. Casi no lo reconocí... era mi padre. Parecía ileso, pero estaba despeinado y claramente muy preocupado. Sus ojos se iluminaron un poco cuando me vio. Otro hombre que no reconocí entró al edificio después de mi padre, agarrando fuertemente los brazos de dos hombres de aspecto indigente y empujándolos hacia delante mientras avanzaba. Edgar fue el último en llegar. En mis dos encuentros anteriores, habría dicho que tenía una expresión sospechosa; esta noche sólo era maliciosa y mezquina.

No me molesté con un saludo; en su lugar extendí mis manos a ambos lados y dije: "Retrocedan, bastardos, nos ocuparémos de ustedes más tarde". Vokkel asintió con la cabeza y los demonios se alejaron. Me di cuenta de que le permitían verlos. Me preguntaba si los demás también podían verlos. "Bien; ahora, Papá, ven aquí por favor."

Vokkel levantó la mano y dijo: "No tan rápido, Sr. Sinclair; tenemos asuntos que discutir primero".

"No, no tenemos, Vokkel. El trato no es negociable; yo aparezco, mi padre se va." Como si fuera una señal, oí la puerta abierta en la parte de atrás del edificio y pasos duros en el hormigón; basándome en la expresión de Vokkel, supe que era Billy.

Escuché un gruñido desde atrás, y luego Billy dijo, "Sr. Sinclair, por favor venga conmigo." Asentí con la cabeza a mi papá y él dio un paso adelante con dudas, ganando confianza a medida que avanzaba. Se detuvo cuando me alcanzó y puse mi mano en su hombro y sonreí, luego moví mi cabeza en dirección a Billy y siguió adelante. Cuando oí dos pares de pisadas que se dirigían a la puerta, y luego la puerta se cerró, supe que se había ido. En cuestión de un minuto, escuché el fuerte rugido del motor de una motocicleta que se prendía y un neumático trasero que se quemaba mientras avanzaba a toda velocidad por el callejón detrás del edificio. Dejé que una pequeña cantidad de alivio pasara a través de mí ahora que Papá se había ido y estaba fuera de peligro.

"Ahora que he cumplido mi parte del trato, es su turno, Sr. Sinclair." La voz de Vokkel era tan áspera y tosca como lo había sido antes, sólo que ahora también sonaba cansada.

"Bien, ¿dónde está tu fantasma?" Dije sarcásticamente. Edgar marchó tan rápido que apenas tuve tiempo de reaccionar. Me agarró del brazo y miró a su alrededor, descubriendo que los únicos fantasmas presentes eran los demonios. Me reí y dije: "No está aquí. Mierda, Vokkel, ¿no pensaste en eso? ¿Pensaste que te seguiría hasta su muerte?" Me reí más fuerte y Edgar me apretó el brazo dolorosamente. Los demonios se acercaron; uno señaló a Vokkel, y luego a los dos vagabundos que estaban siendo retenidos por el otro matón.

Vokkel aclaró su garganta y dijo, "Antes de empezar, Sr. Sinclair, creo que debe saber que estoy preparado para desatar una oleada de poderosos fantasmas..."

No le dejé terminar. "¡Lo sé, imbécil! Vas a hacer que un montón de gente se enferme tan rápido, que no habrá esperanza para ellos si no hago lo que tú quieres, ¿verdad? Bueno, estoy aquí, así que vamos a poner esto en marcha. Pero que Dios te ayude, Vokkel, si no dispersas a esos fantasmas en cuanto terminemos aquí, ¡te mataré en el acto!" Había tanta venganza y rabia en mi voz que estaba bastante seguro de que le había convencido de que yo también podía ser peligroso; al menos eso esperaba.

El matón había arrojado a uno de los vagabundos al suelo, donde se sentó aturdido. Luego, medio arrastró, medio encaminó al otro hombre hacia nosotros. Los ojos del pobre hombre estaban vidriosos como si estuviera drogado, lo cual probablemente estaba. Uno de los demonios se movió al lado del hombre. Suspiré y caminé en su dirección, mientras Edgar se agarraba a mi brazo.

"Vas a tener que soltarte para esta parte, Edgar; no puedo estar seguro de lo que pasará si no lo haces", dije despectivamente. Como nunca había hecho esto de la convergencia y no tenía ni idea de cómo se suponía que iba a ir, decidí improvisar. Me acerqué al vagabundo y tomé su mano, luego me acerqué al demonio y tomé su "esencia", supongo que lo llamaría, con mi otra mano. Billy tenía razón, era como sostener agua helada. Podía sentir la fuerza del demonio empezando a moverse a través de mí y me dolía un poco, como pequeñas agujas afiladas que me apuñalaban por todas partes.

De repente se oyó un fuerte estruendo y la puerta trasera se abrió. Aunque no estaba mirando en esa dirección, sabía que estaba escuchando más de una serie de pasos, y lo que sonaba como una lucha. En ese momento, el demonio empezó a impulsarse, como si estuviera trepando a través de mí para llegar al hombre de mi otro lado. Había estado sosteniendo a mi fiel amigo amarillo dentro de la manga de mi chaqueta, y solté al vagabundo y apuñalé al demonio con todas mis fuerzas. No se detuvo... siguió tratando de moverse a través de mí, así que empujé con mi mente y mi cuerpo, y por una fracción de segundo sentí que me dejaba ir, lo apuñalé de nuevo y soltó un grito silencioso y comenzó a desaparecer en un remolino.

Me di la vuelta inmediatamente y me lancé hacia el otro demonio. No sólo no me esperaba, sino que me movía a la velocidad del rayo. Mi número dos favorito estalló en llamas un segundo después de que el demonio estallara en una fina niebla gris. Sólo tuve un momento para lamentarlo, sin duda echaría de menos ese maravilloso lápiz.

De repente Vokkel gritó, "¡Alto!" Miré alrededor. Edgar tenía a Billy por el cuello y sostenía un gran cuchillo apuntando a su abdomen.

"Es usted impresionante, Sr. Sinclair, pero dudo que sea tan rápido como para salvar a su querida Billy no sólo de Edgar, sino también de ella." Miró más allá de mí y me di la vuelta para encontrar a Anne de pie detrás de mí. Me quedé boquiabierto y miré a Billy. El dolor y la rabia de sus ojos brillaban tan ferozmente como los ojos de los demonios que acababa de matar.

Anne se acercó a donde Edgar tenía a Billy en una llave y dijo: "Lo siento, George, pero la sangre es más espesa que el agua". Pude verlo entonces; sus características eran similares. Su piel era más clara y su gruesa cabellera compensaba la calvicie de Edgar, pero eran los ojos lo que lo demostraban. Eran de la misma forma y tamaño. Sin embargo, Anne ahora mostraba el mismo aspecto de loca trastornada que su hermano.

"Es tu nieta. ¿Dejarías que la mataran?" Le dije a Vokkel.

Se rió roncamente y sacudió la cabeza. "La sangre es importante para mis queridos protegidos." Hizo un gesto con la mano hacia Edgar y Anne. "Pero esta niña insolente no ha sido más que una espina en mi costado desde sus primeros años. No tengo ninguna razón para mantenerla viva".

Mi pelea con los demonios había acercado a nuestro pequeño grupo a la oficina acristalada de la esquina. Podía sentir más que ver al otro matón detrás de mí, pero no podía ver a los otros dos hombres que había traído con él. Esperaba que se hubieran ido a esconder a un rincón.

De repente el aire comenzó a cambiar, a brillar y a llenarse de electricidad. Vokkel sonrió y también Edgar; después de todo, estaba agarrado a Billy, así que vio lo que nosotros vimos. Fantasmas de todo tipo comenzaron a llenar la habitación. No podría decir cuántos, pero una cosa sí sabía... EG estaba con ellos y no todos eran malos. Un fuerte trueno vino de algún lugar y escuché que algo golpeó el concreto con un porrazo. Me di cuenta de que alguien había disparado un arma y que el objetivo era probablemente el matón que estaba detrás de mí.

A partir de ese momento las cosas pasaron muy rápido. Lo único que recordaba claramente era un sonido oscuro, casi gutural, que venía de Billy. Cuando le eché un vistazo, esos ojos verdes habían tomado una oscuridad idéntica, y tenían... un verde de mar profundo que prometía violencia y destrucción del tamaño de un tsunami. Sonreí. Supe en ese momento que ganaríamos esto.

La llegada de los fantasmas *y* Pete *y* Phil desequilibraron a Edgar y Anne, y Billy se alejó de ellos al mismo tiempo que ella se quitó el arma de la cintura y disparó varias veces. Edgar cayó y Anne gritó; la última vez que la vi estaba arrastrando a Edgar hacia la puerta trasera. Escuché más disparos pero no tuve tiempo de averiguar a quién iban dirigidos o quién los disparó. Los fantasmas que habían llegado estaban pululando en abundancia, peleando entre ellos y lanzándose hacia nosotros. No estaba seguro de quién era bueno y quién era malo, así que saqué mi número dos de repuesto del bolsillo y empecé a apuñalar a todo lo que se movía. Billy y Pete hacían lo mismo. No tenía ni idea de dónde estaban Phil o Vokkel. Pronto la habitación se llenó de esa niebla tan familiar, y se estaba haciendo difícil de ver.

Billy gritó, "Oh, no, ni lo piensen", y escuché un último disparo. Entonces todo se quedó en silencio. En poco más de un minuto, el aire comenzó a despejarse. EG y los fantasmas que quedaban se habían ido, y yo esperaba que uno de nosotros no la hubiera apuñalado accidentalmente. Phil se dirigía hacia los dos hombres drogados, que habían logrado alejarse de la pelea principal. El hombre que había estado fuera cuando llegué, entró por la puerta principal. Billy estaba de pie a pocos metros de Vokkel, con el arma colgando de su mano. Una mancha de sangre se extendía rápidamente manchando su camisa y burbujeaba en su boca. Dejó caer el arma y dijo: "Espero que te pudras en el infierno".

Pete siguió una larga mancha de sangre hasta la puerta trasera y salió al callejón, y volvió unos minutos después arrastrando el cadáver de Anne con él. Me miró y dijo: "No creí que fuera una buena idea dejarla ahí fuera. El otro tipo se ha ido, pero hay un rastro de sangre que va por el callejón. Creo que está sangrando mucho". Sacó su celular y comenzó a pedir ayuda para la limpieza.

Me acerqué a Billy y la rodeé con mis brazos. Se agarró firme y con fuerza, luego sentí un tirón en su pecho y se alejó, limpiando unas cuantas lágrimas perdidas con su manga.

CUARENTA

Dos horas más tarde, nuestro grupo, que incluía a Aris, Billy, Phil, mi papá, Carol, Justine y yo, nos reunimos en la sala de Justine. Sin la presencia de Anne, Phil y mi papá amablemente ocuparon su lugar e hicieron café, trajeron vino y otros licores, y un plato de galletas y queso que nadie tocó.

Aparentemente, Anne era la media hermana de Edgar, y antes de drogar a Justine, había confesado sus pecados. Ella y Edgar habían sufrido horriblemente bajo el cuidado de su madre, y luego, por supuesto, fueron transformados por un demonio y asesino de fantasmas, convirtiéndolos en los raros *longaevus*, lo que eventualmente llevó a su presencia en la escuela de Vokkel. Vokkel los tomó bajo su ala, y cuando la Abuela Billy llegó, se dio cuenta de que necesitaría a alguien para acercarse a ella. Anne era la elección obvia ya que no estaba tan loca como Edgar, así que podía lograrlo. Después de la muerte de la Abuela Billy, Vokkel se dio cuenta de que ahora necesitaría a alguien cercano a Justine si quería vigilar la casa de los Wilkinson. Anne llegó, le contó a Justine su historia de amistad con la abuela Billy, y luego le prometió lealtad. Fue un plan brillante y bien ejecutado que permitió a Vokkel una mirada íntima en la vida de Billy, y cualquier información que Justine pudiera tener que ayudaría a la agenda de Vokkel. Anne le había dicho a Justine que sólo un demonio y un asesino de fantasmas estaban involucrados en la convergencia que los cambió a ambos. Aris especuló que debido a que los hermanos habían compartido el proceso de convergencia simultáneamente, tal vez algo se había estropeado que podría explicar las habilidades adicionales de Edgar.

Aunque mi llegada como vecino de Justine fue una completamente coincidencia, a menos que por supuesto siguiera la teoría newtoniana de Phil, resultó ser una mina de oro para la agenda de Vokkel, y Anne tenía un asiento en primera fila e informó de todos mis movimientos a él. Podría decir que tanto Billy como Justine se sintieron horriblemente traicionadas, pero también un poco tristes. Después de que Billy llamara a Anne más temprano, Anne preparó un té especial para Justine, uno que incluía un sedante. Antes de que Justine se desmayara, Anne dejó claro que nunca les haría daño a ninguna de las dos. De hecho, se había encariñado con ambas. Pero su hermano la necesitaba, y después de todo, los eventos de esta noche eran lo que habían trabajado tan duro para lograr, y ella tenía que estar ahí para él.

Cuando Carol y Papá llegaron y no obtuvieron respuesta del departamento de Justine, llamaron a Kevin, el administrador del edificio, y lo convencieron de que algo andaba mal. Kevin los dejó entrar y subir a su apartamento, donde encontraron la puerta abierta. Los tres entraron al apartamento, donde encontraron a una Justine atontada tirada en el sofá. Estaba lo suficientemente consciente para convencer a Kevin de que no necesitaba atención médica y que podía irse a casa. Papá había tratado de llamarme, pero por supuesto yo estaba ocupado en otras cosas.

Anne no iba a perderse el espectáculo, y cuando se informó del lugar de nuestra reunión y Justine quedó inconsciente, fue al garaje con la intención de entrar por detrás. Vio a Billy acechando en el callejón y la emboscó; tenía el elemento sorpresa, y por supuesto era una mujer muy fuerte… pero no lo suficiente para repeler las balas. Recibió dos… una en la pierna y otra en la espalda, que le llegaron al corazón. No habíamos encontrado a Edgar todavía, pero sabíamos que estaba herido.

Phil le disparó al matón y apuntó varios tiros a Anne y Edgar, pero también lo hizo Billy, así que no estábamos seguros de quiénes eran las balas que dieron en el blanco. Phil dijo que cuando empezó la matanza de fantasmas no podía ver a los fantasmas en sí, pero el aire no estaba bien, era… más espeso y borroso. Asumí que como Vokkel no podía ver los fantasmas, debió darse cuenta de lo que significaba el cambio de la atmósfera, y por eso sonreía cuando empezaron a llegar. Phil dijo que Billy y yo éramos como demonios de Tasmania y nos movíamos increíblemente rápido, hasta el punto de que éramos prácticamente sólo un borrón. Dijo que Pete también se mantuvo firme.

Cuando Aris y los otros asesinos de fantasmas llegaron al parque AT&T, los festejos ya estaban en marcha y Aris terminó sobornando a un guardia de seguridad con mucho dinero para entrar al parque. La mayoría de los fantasmas estaban rondando el campo donde se instalaron las carpas y se congregaron todos los asistentes, pero aún no habían empezado a hacer nada. Aris dijo que parecían bestias hambrientas en un bufé tratando de decidir qué comer primero. En algún momento EG apareció y tenía más fantasmas con ella. Al principio los AFs entraron en pánico, pero luego se dieron cuenta de que tenía almas buenas con ella y trataban de atraer a los fantasmas malos. Dijo que la mayoría los siguieron y los AFs limpiaron el resto en poco tiempo. Todos creíamos finalmente que ella tenía que llevarlos a algún lugar y no podía pensar en otro lugar que no fuera a

Billy y a mí. Después de mucho debate sobre esto, una conclusión fue unánime; ninguno de nosotros había visto nunca algo así, los fantasmas buenos contra los fantasmas malos y cosas así. EG seguía sin aparecer, y yo empezaba a creer que uno de nosotros la había apuñalado sin querer en el tumulto del garaje. Nadie tenía idea de cómo era el fantasma de Vokkel, pero todos pensamos que con Vokkel muerto, iba a encontrar otra víctima.

EPÍLOGO

Papá insistió en quedarse unos días, y eso me pareció bien. No nos habíamos visto, físicamente, en mucho tiempo, y era bueno tenerlo cerca. También me dolía mi pasada negligencia sobre la protección de los Vigilantes y eso me causaba una seria ansiedad de separación. Papá nos dijo que los hombres de Vokkel aparecieron unas pocas horas después de que él y yo habíamos hablado por última vez, lo que significaba que Vokkel tenía que haber estado planeando las cosas por un tiempo.

Billy estaba hosca y generalmente de mal humor durante los primeros días después de la pelea. No podía culparla, pero estaba empezando a molestarme. Después de todo, Justine y mi papá se recuperaron felizmente, ella necesitaba hacer lo mismo. Decidí que debía decírselo y la convencí de que diera un paseo conmigo. Nos dirigimos al parque Lafayette y nos sentamos en una banca al sol.

"Billy, tienes que salir de esto. Se acabó. Vokkel se ha ido; todo el asunto de Anne apesta, pero logramos salir adelante." Traté de tomar su mano pero me la alejó.

"Aris vino esta mañana." Su voz era plana y monótona.

"Sí, ¿qué tenía que decir?"

"Tiene una amiga, una mujer... es una AF, pero lo ha superado y quiere sentar cabeza. Dice que le confiaría su vida y quiere saber si Justine estaría interesada en contratarla para ocupar el lugar de Anne. Ella puede cocinar, limpiar, y es una asesina de fantasmas, así que eso es una protección añadida".

"Eso es genial. ¿Qué dijo Justine al respecto?" Pregunté con entusiasmo. Sabía que Billy no iba a quedarse para siempre y cuidar de Justine, así que el tema de la ayuda doméstica había estado preocupándome en el fondo de mi mente durante los últimos días.

"Está dispuesta a reunirse con la señora; veremos qué pasa", respondió Billy. Esta actitud suya era como las uñas en una pizarra, infernalmente irritante.

"Billy, ¿qué te pasa? Se trata de algo más que los últimos días, ¡así que suéltalo!" Dije enojado.

Ella me miró. "Quiere que trabajemos más estrechamente con los Vigilantes. Dijo que ha habido posesiones y casas embrujadas y todo tipo de avistamientos de fantasmas poderosos. Dijo que tenemos que adelantarnos antes de que se convierta en algo más que simples rumores de Hollywood y divagaciones de locos..."

"¿Asumo que te refieres a Aris?" No esperé a que ella respondiera. "Por muy divertido que haya sido todo esto, no es una opción para mí. Necesito volver al mundo real y pagar mi hipoteca. Pero, ¿cuál es tu problema con eso?" Creí que sabía la respuesta. Ella simplemente no se llevaba bien con los demás, y estar directamente de guardia para los Vigilantes no le interesaba.

"No necesitas preocuparte por tu trabajo o tu hipoteca. Justine estableció un fondo fiduciario para ti el año pasado. Como dije hace un tiempo, eres como un nieto para ella."

Me sorprendió. No había forma que pudiera aceptar la generosidad de Justine, y eso es exactamente lo que le dije a Billy.

"Sí, bueno, sabía que dirías eso, así que eso te saca de la ecuación y me deja a mí o bien valerme por mí misma, lo cual estoy feliz de seguir haciendo. O me emparejo con alguien que Aris me asigne, y eso no va a suceder."

Así que ese era su problema... no quería trabajar con nadie más que conmigo. Me sentí halagado y un poco sorprendido. Pero cuando lo pensé, supe que me engañaba a mí mismo si pensaba que podía volver a mi antiguo yo y a mi antiguo trabajo. A pesar de que los Vigilantes proporcionaban apoyo financiero a los otros asesinos de fantasmas, la generosidad de Justine nos llevaría muy lejos, y Billy y yo podríamos patear traseros como equipo, tanto de forma independiente como en asignaciones para los Vigilantes.

El otro gran elefante en la habitación era que nadie había mencionado aún a Edgar. ¿Dónde estaba y qué tan enfadado estaba? Habíamos matado a su hermana y a su mentor. Si yo fuera él, estaría muy enfadado. Y si yo fuera él, querría vengarme de Billy y de mí.

Pensé en la teoría newtoniana de Phil y supe en el fondo que tenía razón. Billy y yo habíamos sido reunidos por una fuerza invisible y desconocida para luchar contra estos demonios. Si me echaba atrás e intentaba volver a mi antigua vida, dejaría que mucha gente saliera herida, incluida Billy, a quien, a pesar de sus problemas de personalidad, le había tomado mucho cariño. No sólo eso, sino que necesitaba encontrar a Edgar; él era la única persona viva, al menos que yo conocía, que podía decirme si habíamos vencido al demonio o a los demonios que habían matado a nuestros familiares, y sabía que no podía hacerlo sin Billy.

Puse mi mano sobre la de ella y dije despreocupadamente: "Bueno, entonces supongo que seré tu compañero".

Querido lector,

Esperamos que hayas disfrutado leyendo *Lo Que Me Acecha*. Tómese un momento para dejar una reseña, incluso si es breve. Tu opinión es importante para nosotros.

Atentamente,

Margaret Millmore y el equipo de Next Chapter

Lo Que Me Acecha
ISBN: 978-4-82412-015-1

Publicado por
Next Chapter
1-60-20 Minami-Otsuka
170-0005 Toshima-Ku, Tokyo
+818035793528

12 diciembre 2021